AF613040

PAPIER
FRESSERCHEN
MTM-VERLAG
DIE BÜCHER MIT DEM DRACHEN

Impressum

Copyright (©) 2011 by Papierfresserchens MTM-Verlag
Heimholzer Straße 2, 88138 Sigmarszell, Deutschland

www.papierfresserchen.de
info@papierfresserchen.de

Das Werk einschließlich aller seiner Teile ist urheberrechtlich geschützt.

Lektorat: Redaktions- und Literaturbüro MTM

1. Auflage 2011
ISBN: 978-3-86196-066-9

Mathias Meyer-Langenhoff

Hagemanns Welt

Ein heiterer Erziehungsratgeber

Inhalt

Prolog

Erinnern Sie sich an Mark Twain? Der Schöpfer von Tom Sawyer und Huckleberry Finn soll gesagt haben, Erziehung sei die organisierte Verteidigung der Erwachsenen gegen die Jugend. Ich finde, er hat recht, denn seit auch unsere jüngste Tochter pubertiert, halte ich mich für den Berti Vogts des Erziehungsalltages. Verteidigung liegt mir einfach, schließlich habe ich jahrelang Fußball gespielt, nicht gut, aber gerne. Ich galt immer als Fußballarbeiter, eine Mentalität, die ich auf den Umgang mit meinen Kindern übertragen habe. Erziehungsarbeiter eben, und wie meine Gegenspieler verfolge auch ich meine Töchter wie ein Terrier, jedenfalls behaupten sie das. Ich gebe sogar freimütig zu, in Situationen besonderer Hilflosigkeit hin und wieder sprichwörtlich die Blutgrätsche auszupacken, dann bin ich laut, ungerecht und auf meinen Vorteil bedacht. Meine Töchter sind mir darin übrigens sehr ähnlich, der Apfel fällt nun mal nicht weit vom Stamm.

Am liebsten wollen sie aber ihre Ruhe, insbesondere vor ihrem Vater, allerdings bedienen sie sich im Gegensatz zu mir dazu einer Offensivtaktik, denn Angriff hielten sie immer schon für die beste Verteidigung. Unser Familienleben wird dadurch zwar nicht unbedingt einfacher, aber intensiver und abwechslungsreicher. Manchmal glaube ich sogar, die eigentlichen Erzieher in unserer Familie sind meine Kinder. Entspricht das der reinen Lehre? Wohl kaum, denn lateinisch *Educatio*, so las ich, bedeute *Aufzucht* und richte sich auf das heranwachsende Individuum. Ein solches bin ich natürlich mit meinen knapp fünfzig Jahren nicht mehr, aber offenbar haben unsere Töchter dazu eine völlig andere Meinung und unterstellen mir eine gewisse Erziehungsbedürftigkeit. Verstehen Sie, dass ich so etwas nicht durchgehen lassen kann? Mein Anspruch ist es, *Pater Familias* zu sein, nur sind Anspruch und Wirklichkeit leider zwei Paar Schuhe.

Traumferien

„Warum verstehst du das nicht?", fragte Elsa, meine Frau, als sie und unsere Kinder über einen Witz lachten, dessen Humor mir völlig verschlossen blieb.

„Keine Ahnung." Ich zuckte mit den Schultern, denn darüber hatte ich schon oft vergeblich nachgedacht. Erst kürzlich, als unser Nachbar Valentin bei uns in ballonseidener Trainingshose erschien, verständigten sie sich blitzschnell über sein modisches Versagen, während es mir erst umständlich erklärt werden musste. Die Kommunikation zwischen Elsa und unseren Töchtern funktioniert nach Mustern, die mir weitgehend fremd sind, gelegentlich beschleicht mich deshalb sogar ein Gefühl der Einsamkeit.

Neulich sprachen wir über unser sommerliches Urlaubsziel, ich schätze die Berge und lange Wanderungen, sie lieben das Meer, genauer gesagt den Strand und stundenlanges Sonnenbaden.

„Niemals wird es euch gelingen, mich noch einmal zu einem Urlaub an der Nordsee zu überreden", donnerte ich mit Pathos am Mittagstisch. „Der Sand, das kühle Wetter, der Wind, das Salzwasser, all das ist eine Qual für vernünftige Menschen. Wie herrlich sind dagegen majestätische Berggipfel, sie öffnen einem das Herz, nichts geht über klares Quellwasser und satte, grüne Almen. Dort werden wir in diesem Jahr die Ferien verbringen!"

Wir beschlossen, ans Meer zu fahren.

„Schön", strahlte Elsa, „ich bin übrigens bereits zu deinem Besten tätig geworden und habe vorsorglich eine Ferienunterkunft auf der niederländischen Insel Ameland gebucht."

Sie war nicht zum ersten Mal vorsorglich zu meinem Besten tätig geworden, deshalb empfand ich ein gewisses Unbehagen. Außerdem war mir aufgefallen, dass ich im Laufe familiärer Auseinandersetzungen immer häufiger gegen meinen Willen die Ansicht meiner Frau zu vertreten begann. Offenbar geschah etwas mit mir, worauf ich keinen

Einfluss hatte. Vielleicht setzte Elsa mich heimlich unter Drogen, denn seit geraumer Zeit litt ich unter einem hässlichen Reizhusten.

„Das Seeklima wird dir guttun", meinte sie, „du gehst jeden Tag mit den Kindern ans Meer, setzt dich mit dem Laptop ins Strandcafé und schreibst deinen Roman zu Ende."

„Und was machst du?", fragte ich.

„Ich komme nach", antwortete sie mit entwaffnendem Lächeln, „ich habe noch einiges in der Schule zu erledigen."

„Wieso habe ich eine Schulleiterin geheiratet, wenn du doch keine Ferien hast?", stöhnte ich.

„Damit dir finanziell jemand den Rücken freihält", stellte meine Frau ungerührt fest. „Und vergiss bitte nicht, dass ich dir drei schöne Töchter geboren habe."

Sie waren schön, keine Frage, aber inzwischen befanden sich Emma, vierzehn, Greta, fünfzehn, und Dorle mit stolzen sechzehn, in einer schwierigen Lebensphase, von professionellen Verharmlosern gemeinhin Pubertät genannt. Alle drei hatten sich also im Laufe der Zeit von liebenswürdigen Kindern in Eltern fressende Ungeheuer verwandelt. Mir ist völlig schleierhaft, was in ihren Gehirnen vorgeht. Wäre Alzheimer nicht ein typisches Leiden alter Menschen, würde ich mir Sorgen machen, denn im Vergleich zu meinen Töchtern bin ich ein wahrer Gedächtniskünstler. Sie schließen niemals die Zimmertüren, verlegen mindestens zwei Mal am Tag ihren Fahrradschlüssel oder vergessen Zuhause regelmäßig ihr Schulfrühstück. Natürlich haben sie immer recht. Bin ich, was ich mir selten erlaube, anderer Meinung als sie, heißt es: „Das verstehst du nicht, Papa!"

Seit Kurzem nennen sie mich übrigens ihren „Erzeuger" und sehen in mir eine Art fleischgewordene Peinlichkeit, sodass es noch schwieriger geworden ist, hier und da väterliche Autorität durchzusetzen. Meist reagieren sie dann mit heftigen Wutausbrüchen. Allerdings können sie sich wenig später wieder anschmiegen wie kleine Kätzchen, was mir, vorsichtig formuliert, ein hohes Maß an emotionaler Flexibilität abverlangt. Ein befreundeter Psychologe riet mir, all das mit Geduld zu ertragen, bis es von selbst wieder vergehe. Ein wahrer Witzbold, seine Kinder sind drei und fünf.

Die Anziehungskraft meiner Töchter für junge, männliche Wesen gleichen Alters ist übrigens außerordentlich stark, wahrscheinlich, weil die jungen Herren unter ähnlichen Gehirnveränderungen leiden wie sie, Ungeheuer ziehen sich eben gegenseitig an. Vor allem Dorle, die Älteste, verfügt über zahlreiche Verehrer, deren besonderes Kennzeichen ein mit viel Gel modellierter Pilzkopf im Stile der frühen Beatles ist. Noch verlassen die jungen Gockel zu nachtschlafender Zeit das Haus, aber ich fürchte den Morgen, an dem der erste mir meinen Bademantel streitig machen wird.

„Freust du dich gar nicht auf den Urlaub?", fragte Emma. Mein sorgenvolles Gesicht war ihr nicht entgangen.

„Doch, doch", antwortete ich schnell, „schade ist nur, dass Mama nicht mitfährt."

„Wir sind ja bei dir", tröstete mich Emma milde lächelnd.

Die Fahrt zum Hafen, eigentlich in knapp zwei Stunden zu bewältigen, verlief komplikationslos, wenn man von gewissen Kleinigkeiten absah. Zwei Mal verfuhren wir uns, Emma wurde während der Autofahrt schlecht, wir blieben fast eine Stunde im Stau stecken und verpassten selbstverständlich die Fähre.

„Wann kaufen wir endlich ein Navi, ist doch voll peinlich immer nach Karte zu fahren", moserte Greta, unsere Familientechnikerin.

„Wir haben einen Navigator", entgegnete ich vorsichtig, „aber der musste in der Schule noch etwas erledigen."

Kollektives Augenverdrehen meiner Töchter, eine gymnastische Übung, die sie perfekt beherrschen. Wie immer signalisierten sie mir auf diese charmante Art, dass nur ich die Schuld an dem Desaster trug. Ich entschloss mich, den deutlichen Hinweis auf mein Versagen zu ignorieren, mich also nicht zu verteidigen, und einer friedlichen Ankunft auf der niederländischen Insel den Vorzug zu geben.

Mit zwei Stunden Verspätung klingelte ich erwartungsvoll an der Haustür unserer Vermieterin. Als sie öffnete, stand uns eine birnenförmig gewachsene, kräftig gebaute Dame mittleren Alters gegenüber. Sie erinnerte mich nicht nur wegen ihrer Körperform an den ehemaligen Bundeskanzler Kohl. Auch ihre Gesichtszüge schienen mir vergleichbar, zudem zierte ihre Nase eine schwarz eingefasste Brille, die der junge Kohl in seinen Tagen als Oppositionsführer im Bundestag auch getragen hatte; früher ein Kassengestell, heute topmodern. Weitere Gemeinsamkeiten mit dem Exkanzler konnte ich nicht feststellen, denn Mevrouw de Jong liebte offensichtlich Bonbonfarben und war von Kopf bis Fuß in Rosa gewandet. Ihre gewaltige Oberweite wurde von einer engen, ärmellosen Bluse bedeckt, dazu trug sie eine dreiviertellange Hose und zitronengelbe, glänzende Pumps. Das rabenschwarz gefärbte Haar hatte sie zu einer Art Vogelnest zusammengesteckt.

„Goede Middag", begrüßte sie uns, „kommen Sie gleich mit, das Ferienhaus liegt in den Dünen."

Sie stöckelte zu ihrem Wagen und wir fuhren hinter ihr her, bis wir fernab jeder Zivilisation an einer kleinen Hütte hielten. Nur mühsam von einem Rest Farbe zusammengehalten, schien sich die windschiefe Bretterbude ängstlich im Schatten einer großen Düne verbergen zu wollen.

„So, das ist ihr Reich", lächelte Mevrouw de Jong und wies mit großer Geste auf das schmutzig grüne Etwas. „Sie werden sich hier bestimmt wohlfühlen."

Die Tür klemmte, aber als sie ihre bestimmt nicht weniger als hundert Kilo Körpergewicht dagegen warf, sprang sie auf. Unserem Blick erschlossen sich unendliche Weiten: Auf optimistisch geschätzten zwanzig Quadratmetern war alles untergebracht, was der Luxus liebende Urlauber für sein Wohlbefinden benötigt. An der einen Wand standen drei Doppelstockbetten, das Schlafzimmer, wie die Vermieterin ohne jede Scham erklärte. Die gegenüberliegende Wand nannte sie Küche, immerhin ausgestattet mit einem Kühlschrank, einem zweiflammigen Gaskocher und einer Waschschüssel, ihrer Ansicht nach die Spüle. In der Mitte des Raumes befand sich schließlich ein kleiner Tisch, umgeben von sechs nicht sehr vertrauenerweckenden Stühlen. Ich wunderte mich, dass sie diese Hartz-IV-Sitzgruppe nicht als Esszimmer bezeichnete. Die gesamte Inneneinrichtung verströmte den Charme einer verkommenen Schrebergartenhütte mit Sperrmüllmöblierung.

„Es ist vielleicht ein bisschen klein, aber dafür sehr gemütlich", sagte Mevrouw de Jong mit unschuldigem Lächeln. Während ich mich bei ihr bedankte, sah ich aus den Augenwinkeln, wie meinen Töchtern zunehmend die Züge entglitten. Nachdem die Vermieterin uns verlassen hatte, versuchte ich zu retten, was nicht zu retten war. „Hier ist es richtig romantisch, einfaches Wohnen in der Natur, so muss Urlaub sein", rief ich fröhlich. Es war aussichtslos, Blitze schleudernd fixierten mich die glühenden Augenpaare dreier Raubkatzen, bereit, ihren Erzeuger mit pubertärer Aggressivität zu zerfleischen.

„Das ist wirklich ein voll cooles Häuschen, Papa."

In Emmas Gesicht breitete sich zu meinem ungeheuren Erstaunen auf einmal ein entspanntes Lächeln aus, ihre Schwestern schienen genauso überrascht wie ich.

„Hast du sie nicht alle? In dieser Bruchbude willst du zwei Wochen Urlaub machen? Was ist denn, wenn es regnet?", schnauzte Dorle sie an.

„Genau, wir haben ja nicht mal ein Badezimmer. Wo ist überhaupt das Klo?", wollte Greta wissen. Für einen Moment war ich gerettet, die Aufmerksamkeit meiner Töchter galt jetzt nicht mehr mir, sondern der Suche nach dem doch so wichtigen Örtchen.

„Stimmt, das hat sie uns gar nicht gezeigt", antwortete ich und sah mich um.

„Ist es das?" Emma deutete auf eine kleine, kastanienrot gestrichene Holzkabine von der Größe einer Telefonzelle, etwas höher gelegen als unser Feriendomizil. Ohne Zögern näherte ich mich dem WC und warf mich mit Wucht gegen den Eingang, so wie unsere Vermietungswalküre es demonstriert hatte, aber im Gegensatz zur Haustür funktionierte die Toilettentür einwandfrei, sodass ich wie ein Geschoss hineindonnerte und mit den Knien schmerzhaft gegen die WC-Schüssel prallte.

„Papa, was machst du denn jetzt schon wieder? Kannst du nicht mal unfallfrei aufs Klo gehen?", ätzte meine Älteste. Ich gab keine Antwort, sondern zog es vor, mitleidheischend zu stöhnen, während ich langsam wieder hinaustaumelte. Das Örtchen war nicht nur mit einem kleinen, aber feinen Handwaschbecken ausgestattet, sondern auch mit einem luxuriösen Echtholzhängeregal, auf dem aktuelle Zeitschriften und sogar gebundene Bücher lagen.

„Mevrouw de Jong setzt offenbar Prioritäten", dachte ich, im Vergleich zu unserer Unterkunft hatte sie hier weder Kosten noch Mühen gescheut.

„Ich geh zum Strand, sonst krieg ich 'ne Krise", fauchte Dorle, „ruf Mama an, sie soll sich beschweren, diese Alte hat uns doch voll verarscht!"

Wütend stapfte sie mit ihrem Koffer ins Haus, warf ihn auf ein Bett und verschwand in Richtung Strand.

„Ich geh dann auch, Paps", meinte Emma, „bin gespannt, was Mama sagt. Ist wirklich nicht schlecht hier, aber wenn sie uns ein anderes Haus besorgt, für mich kein Problem, komm, Greta!“

Sie folgten ihrer großen Schwester. Ich erledigte das, wozu man eine Toilette eigentlich benötigt, jetzt wusste ich ja, wie man eintrat, um auszutreten. Als ich mir die Hände waschen wollte, stellte ich fest, dass der Wasserhahn sich nicht aufdrehen ließ.

„Wahrscheinlich festgerostet“, murmelte ich und drehte mit aller Kraft, aber anstatt Wasser zu spenden, brach er plötzlich aus der Wand, und mir schoss eine gewaltige Fontäne ins Gesicht, die mich bis auf die Haut durchnässte und wie einen angeschlagenen Boxer ins Taumeln geraten ließ. Der Wasserdruck war so hoch, dass ich aus der Toilette gespült wurde, stolperte und draußen der Länge nach zu Boden fiel. Das hinausschießende Nass schwoll schnell zu einem tosenden Wildbach, der direkt in unseren Ferienpalast floss.

Ich rappelte mich auf und spürte Wut in mir aufsteigen, nicht nur auf die Vermieterin, sondern auch auf meine Frau, die mir all das eingebrockt hatte.

„Ja“, zürnte ich, „sie wird mich wieder der Unfähigkeit zeihen, ich werde wie immer die Schuld auf mich nehmen müssen, und dann wird sie wie eine Dea ex Machina einfliegen, um alle Probleme zu lösen. Nein, ich werde sie nicht anrufen, auf gar keinen Fall!“

Ein Blick in unsere Ferienunterkunft versetzte mir einen Schock. Das Wasser hatte sich inzwischen kniehoch auf dem Boden ausgebreitet und inmitten des Sees stand mein Koffer, in dem sich der Laptop und wichtige Teile meines Romanmanuskriptes befanden. Blitzschnell sprang ich in die Flut und bewahrte mein Allerheiligstes vor dem Tod durch Feuchtigkeit. Ich war stolz auf mich, verharrte einen Augenblick vor dem halb blinden Wandspiegel und rang meinem Gesicht einen kühnen Ausdruck ab. Gleichzeitig bedauerte ich, dass meine Töchter nicht Zeuginnen dieser heldenhaften Rettungstat sein konnten. Wieder draußen stellte ich den Koffer ins Trockene und tastete in meiner triefnassen Hose nach dem Handy, es musste ein Fachmann her, die Vermieterin hatte auf der Stelle einen Klempner aufzutreiben.

„Met Jane de Jong“, hörte ich ihre schmatzende Stimme.

„Hagemann!“, brüllte ich, nicht nur grollend, sondern unfassbar wütend, ja sogar rasend. Ein herrliches Gefühl.

„Wollen Sie mich umbringen? Ich drohe zu ersaufen! Kommen Sie sofort und bringen Sie einen Klempner mit, hier ist Land unter!“ Im Haus stieg der Pegel unablässig weiter, es schien vollzulaufen wie ein Swimmingpool, deshalb eilte ich zu der roten Kabine zurück, um die sprudelnde Quelle irgendwie zu verstopfen. Während ich verzweifelt versuchte, mein Taschentuch in die Öffnung zu schieben, aus der mir das Wasser entgegenschoss, legte sich eine Hand auf meine Schulter.

„Sie müssen den Haupthahn abdrehen“, hörte ich jemanden sagen.

„Sehr witzig, aber wo ist das verdammte Ding?“, schrie ich.

„Direkt über Ihnen, an der Wand.“

Die Hand griff über mich hinweg und drehte an einem kleinen, grünen Rad, bis der Strahl schwächer wurde und endgültig versiegte. Erst jetzt bemerkte ich, dass es sich um einen Jungen in Dorles Alter handelte, der mich grinsend ansah.

Kaum drei Schritte hinter uns, draußen vor der Toilettentür, stand meine Älteste, sie grinste nicht, stattdessen hielt sie die Arme vor der Brust verschränkt, verdrehte in mir vertrauter Weise ihre Augen, während die Mundwinkel auf halb acht hingen. Ich wusste, was kommen würde.

„Papa, echt“, würde sie gleich sagen, mit einem Ausdruck tiefsten Verachtens. Fremdschämen ist eine ihrer Lieblingsbeschäftigungen.

„Papa, echt“, sagte sie, als ich erleichtert und mit einem dankbaren Blick für meinen Retter die Toilette des Grauens verließ, „da hättest du wirklich eher drauf kommen können, du hast das totale Chaos angerichtet.“

„Ich war in Panik“, verteidigte ich mich.

Der junge Mann hatte den Wasserhahn in der Hand und untersuchte ihn.

„War festgerostet, stimmt’s?“, stellte ich um Zustimmung bettelnd fest.

„Eigentlich nicht“, antwortete er, „vielleicht haben Sie in die falsche Richtung gedreht?“

Volltreffer, er hatte mich versenkt.

„Das, das … kann nicht sein“, stammelte ich. „Und wenn schon, darf das Ding denn einfach so abbrechen?“

Statt einer Antwort zuckte er mit den Schultern. Dorle war inzwischen ins Haus gewatet und sah stumm auf die angerichtete Katastrophe, wütend wirbelte sie herum.

„Ich werde hier auf keinen Fall wohnen!“, schleuderte sie mir entgegen.

„Brauchst du auch nicht“, antwortete ich, „ich habe die Vermieterin schon angerufen, sie wird bestimmt gleich hier sein, und dann ziehen wir um.“

„Haha!“, höhnte meine Tochter und wandte sich demonstrativ ab. Der junge Mann hingegen behandelte mich gnädiger, er grinste noch immer, irgendwie hatte ich sogar den Eindruck, in seinen Augen ein wenig Sympathie für mich zu entdecken, aber vielleicht war es auch nur Mitleid.

„Hätten Sie was dagegen, wenn ich mit Ihrer Tochter heute Abend nach Nes zum Roggenfest fahre?“, sagte er plötzlich. Diese Frage begriff ich als Chance. Eine Erlaubnis würde die Stimmung meiner Ältesten vielleicht entscheidend verbessern.

„Natürlich nicht“, lächelte ich also großzügig und zwinkerte ihm zu, „das wird Dorle sicher aufheitern, schön, dass Sie mit ihr ausgehen wollen.“

Sie fuhr wieder herum, ihre Augen hatten sich zu Schlitzen verengt. „Wenn du meinst, ich lass mich von dir bestechen, dann hast du dich geschnitten, ich wäre sowieso mitgegangen, auch ohne deine Erlaubnis. Jetzt ruf endlich Mama an, damit sie alles regelt!“

Im gleichen Augenblick fuhr das Auto der Vermieterin vor. „Vielleicht sollte ich ihr Dorle als Haussklavin verkaufen“, dachte ich, „das würde den entstandenen Schaden ausgleichen und mein Leben unendlich erleichtern.“

Frau de Jong wuchtete sich aus dem Wagen, auf der anderen Seite entstieg ihm ein nicht minder kräftig gebauter Mann im blauen Overall.

„God verdomme, was haben Sie angestellt?“

Sie schlug die Hände über dem Kopf zusammen, der Mann wackelte hinter ihr her, sah sich das Ferienhaus und die Toilette an und schüttelte mit dem Kopf.

„Am besten brechen wir alles ab und bauen neu“, meinte er lakonisch, „der Deutsche ist bestimmt gut versichert.“

„Ich bin versichert, ja, aber meine Versicherung wird keinen Cent bezahlen!“, tobte ich, stürzte auf ihn zu und trommelte mit den Fäusten auf seine mächtige Brust. „Was glauben Sie eigentlich, wen Sie vor sich haben? Ich lasse mich nicht einfach verarschen, ich nicht!“

Er schüttelte mich ab wie eine lästige Fliege und einen Augenblick später bewegte ich mich tatsächlich auf fliegentypische Art, flog durch die Luft und verlor das Bewusstsein. Wie durch Watte hörte ich irgendwann eine Stimme, es musste Dorles sein.

„Papa, Papa, was ist? Aufwachen!“

Sie tätschelte meine Wangen, und ich versuchte, mich wieder vorsichtig der Welt zu stellen. Emma und Greta waren inzwischen auch vom Strand zurück und sahen mitleidig auf mich herab, ach, es ist schön, wenn sich Töchter um ihren Vater sorgen.

Im gleichen Augenblick dröhnte über uns ein infernalischer Lärm, der von Sekunde zu Sekunde anschwoll. Gleichzeitig erhob sich ein Sandsturm, bis in kaum fünf Metern Entfernung ein Hubschrauber landete und seinen Motor abstellte. Die Schiebetür öffnete sich, eine geduckte Gestalt mit Helm sprang aus dem Fluggerät und näherte sich mit schnellen, energischen Schritten. Nachdem sie uns erreicht hatte, kniete sie sich nieder, entledigte sich ihrer Kopfbedeckung und … gab mir einen Kuss, ich schrie auf, die Dea ex machina!

„Hagen, was ist mir dir?“, rief meine Frau. Sie lag neben mir im Bett und schüttelte mich.

„Ich, ich … hatte einen schlimmen Traum“, murmelte ich verstört, „ich war allein mit den Kindern auf Ameland, alles ging schief, dann kamst du.“

Sie strich mir lächelnd über die Wangen.

„Ach, Schatz, niemals würde ich dich alleine in den Urlaub fahren lassen.“

Elternabend

Neulich lud die Schule wieder zum Elternabend, es ging um die Klasse unserer Mittleren. „Geh du bitte", bat ich Elsa, „heute ist mein Skatabend."

„Oh nein, Schatz, das ist deine Aufgabe, ich habe an meiner eigenen Schule schon genug Elternabende."

Sie blieb unerbittlich, seufzend ergab ich mich meinem Schicksal. Im besten Falle lösen Elternversammlungen bei mir große Müdigkeit aus, manchmal sogar Melancholie, dann quält mich die Frage, warum ich soviel meiner Lebenszeit sinnlos vergeuden muss. In besonderer Weise sind mir Elterndiskussionen über die Höhe des Taschengeldes bei Klassenfahrten verhasst. Ich ertrage sie nur, indem ich in eine Art Wachkoma verfalle. Es geht zwar nie um große Summen, aber Tarifverhandlungen im öffentlichen Dienst sind dagegen eine Spaßveranstaltung. Erbittert wird um jeden Euro mehr oder weniger gerungen, selbstverständlich pädagogisch immer auf der Basis neuester Ratgeberliteratur. Sich gegenseitig zum Duell aufzufordern, wäre einfacher und effektiver. Ich würde mich gerne als Sekundant zur Verfügung stellen, allerdings fehlt es den Streitern für richtige Erziehung an Satisfaktionsfähigkeit.

Manchmal kommt mir sogar der Verdacht, Elternabende werden nur veranstaltet, um den Erziehungsberechtigten vorzugaukeln, dass sie etwas mitentscheiden könnten: Demokratie im Klassenzimmer ist machbar, Herr Nachbar. Über dreißig Kinder in einer Klasse? Bis weit in den Nachmittag Unterricht? Turbogymnasium? Klausuren ohne Ende? Schulstress? Warum sich mit solchen Nichtigkeiten beschäftigen, wenn es um Taschengeldfragen geht!

Ich betrat als Letzter den Klassenraum. Mir blieb nichts anderes übrig, als mich neben Frau Winkelstein zu setzen, der Mutter von Carlotta-Sophie, Gretas spezieller Freundin. Carlotta-Sophie weiß alles besser, besitzt, so meint unsere Tochter, einen sehr eigenwilligen

Humor und vor allem mehr als sonderbare Angewohnheiten. Kürzlich berichtete Greta am Mittagstisch, Carlotta-Sophie bohre, wenn sie sich unbeobachtet wähne, ausgiebig in der Nase und führe den geförderten Rohstoff nach kurzer Betrachtung wieder ihrem Verdauungsapparat zu. Wir baten Greta auf weitere Einzelheiten zu verzichten, konnten jedoch verstehen, dass Carlotta-Sophies Umgang mit getrockneten Körperflüssigkeiten sich massiv auf die Konzentrationsfähigkeit unseres Kindes auswirkte.

„Guten Abend, Herr Hagemann." Frau Winkelstein beugte dezent ihren Kopf, der von einer blonden Turmfrisur gekrönt wurde. Mit huldvollem Lächeln überließ sie mir den Platz an ihrer Seite, und ich ließ mich, innerlich mein Schicksal verfluchend, auf dem Schülerstuhl nieder. Sofort hatte ich das Gefühl, um Jahre zurückversetzt zu werden.

Ich war wieder in der 7a, saß neben der blödesten Ziege der Klasse, musste aufpassen und brav zum Lehrer schauen. Nur bei ihm spiele die Musik, behauptete mein damaliger Mathematiklehrer immer. Herr Oppeln-Möhlmann sah ihm ähnlich. Vielleicht war Gretas Klassenlehrer sogar ein netter und verträglicher Mensch, aber in meiner Fantasie verwandelte er sich in Dr. Holzner. Ich hasse ihn bis heute, Mathematik ist mir dank seiner pädagogischen Feinfühligkeit für immer ein Rätsel geblieben.

Herr Oppeln-Möhlmann eröffnete den Elternabend. „Es ist acht Uhr, ich denke, wir fangen dann mal an. Mein Name ist Sigurd Oppeln-Möhlmann, ich bin der Klassenlehrer Ihrer Kinder."

Jetzt hieß es aufpassen, der Lehrer sprach, wer jetzt noch schwätzte, zog sich seinen mahnenden Blick zu.

„Ich denke, ich fang dann mal an!"

Wie oft hatte ich Lehrer diesen Satz schon zur Eröffnung eines Elternabends sagen hören, sicher gab es dazu eine bindende Verordnung des Kultusministeriums. Dazu dieses verlegene, infantile Grinsen, das scherzhafte „Hallo, jetzt müssen Sie aber aufpassen!", wenn man ihnen nicht sofort die gebührende Aufmerksamkeit schenkte. Wann verstehen Lehrer endlich, dass es auch Menschen gibt, die keine Schüler sind? Ich war auf Betriebstemperatur, noch bevor der Elternabend richtig begonnen hatte. Irgendetwas war anders als sonst, ich empfand weder Müdigkeit noch Melancholie, stattdessen ein beinahe triebhaftes Verlangen, mich unbeliebt zu machen.

„Ein netter Mensch, der Herr Oppeln-Möhlmann", flüsterte mir Frau Winkelstein zu.

„Diese Einschätzung haben Sie exklusiv", giftete ich. Sie zuckte mit den Augenbrauen. Dr. Holzner verwandelte sich wieder in Gretas Klassenlehrer, auf meine Betriebstemperatur blieb dies leider ohne kühlenden Einfluss.

„Herr Franzen hat als Elternsprecher um diesen Termin gebeten", erläuterte er.

„In der Tat. Ich habe in Absprache mit meiner Stellvertreterin den Punkt Unterrichtsausfall auf die Tagesordnung gesetzt", begann Herr Franzen. „Wir sind empört über die vielen Fehlstunden in Mathematik und Latein", ereiferte er sich. „Wie sollen unsere Kinder so das Abitur schaffen?"

Gretas Klassenlehrer bemühte sich, die Gründe zu erklären und murmelte etwas von Krankheiten, Fortbildungen und Belastungen der Lehrkräfte. Frau Winkelstein hing an seinen Lippen.

„Ich mag die Art, wie er redet, er ist sicher ein hervorragender Pädagoge", seufzte sie.

Meine Betriebstemperatur stieg weiter, in meinem Kopf arbeitete es. „Sei vorsichtig, verscherze es dir nicht mit Greta, beleidige nicht ihren Lehrer, bleibe diplomatisch", ermahnte mich eine innere Stimme.

Doch unaufhaltsam erwachte der Neandertaler in mir, seine Stimme klang gemein und böse: „Zeig es ihnen, lass diese Winkelsteinschnepfe auflaufen, hau den Lehrer mitsamt seiner beschissenen Schule in die Pfanne!"

Ich ahnte, wenn ich mich jetzt einmischte, würde der Elternabend in einer Katastrophe enden. Bösen Geistern gleich bemächtigten sich die Demütigungen der eigenen Schulzeit jedoch zunehmend meiner Sinne, die Zeit für Rücksichtnahme und Diplomatie war vorbei, Gretas Schule sollte büßen. Kontrollverlust, Sigmund Freud hatte recht. Mein Finger schnellte hoch, während ich mich wieder an Frau Winkelstein wandte.

„Ihre Begeisterung für diesen Herrn kann ich überhaupt nicht teilen! Ihnen empfehle ich übrigens, sich mit den skurrilen Ernährungsgewohnheiten Ihrer Tochter zu befassen!", zischte ich. Sie schreckte zusammen, ging aber sofort zum Gegenangriff über.

„Was wollen Sie damit sagen, Sie unverschämter Flegel?", geiferte sie. Ich staunte, wie schnell sich schleimige Vertrautheit in gefährliche Bissigkeit verwandeln konnte, mir war es recht.

„Ihre Tochter popelt in der Nase“, hielt ich ihr triumphierend entgegen. „Darüber könnte man vielleicht noch hinwegsehen, aber dass sie die Ergebnisse ihrer Ausgrabungen in aller Öffentlichkeit verspeist, ist unzumutbar!“

Frau Winkelsteins Gesichtszüge erstarrten, ein Anblick, der mich ergötzte.

„Herr Hagemann, Sie haben eine Frage?“, lächelte Herr Oppeln-Möhlmann, denn ich streckte noch immer meinen Finger in die Höhe.

„Nein, ich habe keine Frage. Wenn es sie glücklich macht, kann ich Ihnen aber gerne eine stellen“, polterte ich los. „Sie, Herr Franzen, beklagen den Unterrichtsausfall, Herr Oppeln-Möhlmann entschuldigt sich, sagen wir höflich, mit lächerlichen Begründungen, ich frage also: Ist es zumutbar, ein Gebäude mit Asphalthof und hohen Zäunen wie Guantanamo light so viele Stunden des Tages zum Aufenthaltsort unserer Kinder zu machen? Sollen wir sie in eine Schule schicken, die so baufällig und ungepflegt ist wie eine verkommene Mietskaserne in der Südbronx? Wie lange noch müssen unsere Kinder sich in der Mittagspause wie ausgehungerte Herdentiere am Schulzaun drängen, um die vom Pizzaservice georderten Kartons mit den fettigen Sattmachern in Empfang zu nehmen? Warum werden sie überhaupt bis in die späten Nachmittagsstunden gefangen gehalten? Ich behaupte, Schüler lernen trotz Schule, aber nicht wegen ihr. Sollte Unterricht nicht eine menschenwürdige Veranstaltung sein oder sind Schüler keine Menschen? Jede ausgefallene Stunde ist ein Gewinn für unsere Kinder, je weniger Zeit sie in diesem Bildungsknast verbringen, desto besser! Ich schreib es an jede Wand, neue Schulen braucht das Land! Falls Sie schon mal etwas von Ina Deter gehört haben!“

Mit rollenden Augen und Schaum vor dem Mund suchte ich Blickkontakt zu meinen Zuhörern, aber sie wichen mir aus, peinlich berührt sahen sie aus dem Fenster oder ins Leere. Frau Winkelstein schlug mit der flachen Hand auf den Tisch, zornbebend schnellte sie hoch. „Mit dieser Turmfrisur eine wackere Leistung“, schoss es mir durch den Kopf.

„Wenn der Herr Hagemann meint, er habe die Weisheit mit Löffeln gefressen, wenn er meint, er könne uns hier als Rabeneltern hinstellen, ist er schiefgewickelt. Sie, mein Herr, übertreiben maßlos. Sie wollen ein verantwortungsvoller Vater sein? Es geht Ihnen doch nur darum, an Herrn Oppeln-Möhlmann und uns ihr Mütchen zu kühlen, aber wir lassen uns von Ihnen nicht wie Deppen behandeln. Ich fordere sie auf, den Klassenraum zu verlassen, ihr Verhalten ist eines Vaters unwürdig! Was glauben Sie, was Ihre Tochter über Sie denken wird?"

Auch sie konnte mit den Augen rollen, und Schaum vor dem Mund sah nicht wirklich vorteilhaft aus. Wenn ich ehrlich sein soll, nötigte mir ihr Frontalangriff sogar Respekt ab, während der laue Herr Oppeln-Möhlmann sich beinahe hinter seinem Lehrerpult zu verstecken schien.

„Ich, ich … glaube, auf diesem Niveau sollten wir nicht diskutieren", stotterte er.

„Wenn Sie das Gackern von Frau Winkelstein niveauvoll finden, bitte schön", schleuderte ich ihm entgegen, „ich jedenfalls habe hier nichts mehr verloren. Gleich morgen werde ich meine Tochter von dieser Anstalt abmelden, darauf können Sie Gift nehmen!"

Empört schnaufend sprang ich auf und rauschte aus dem Klassenraum. Die kühle Luft auf dem Schulhof tat mir gut, langsam bekam ich wieder Kontakt zur Realität, mir dämmerte, was ich angerichtet hatte. Noch am gleichen Abend verlangte Elsa, mich bei Carlotta-Sophies Mutter und Herrn Oppeln-Möhlmann zu entschuldigen. Greta sprach drei Wochen nicht mehr mit mir, die Schule besuchte sie natürlich weiter. Vorläufig war ich von allen Elternabenden befreit, immerhin.

Shoppen oder Bummeln?

Zwar finden meine Töchter mich peinlich, sie scheinen mich jedoch noch nicht ganz aufgegeben zu haben, denn gelegentlich versuchen sie, wie sie es nennen, *mein Outfit zu stylen.* Während ich normalerweise weitgehend Luft für sie bin, lassen sie sich dann sogar in Gegenwart ihrer Altersgenossen dazu herab, mit mir mehr als Ein-Wort-Sätze zu wechseln. Natürlich weiß ich, warum sie mich so freundlich behandeln, denn sie wollen mit mir einkaufen gehen, um ganz nebenbei auch den eigenen Kleiderschrank aufzurüsten.

Aber mir ist es recht, ich genieße diese berechnende Vorzugsbehandlung sogar. „Carpe diem", denke ich dann eigenartig beschwingt. Sie nennen diese Art einzukaufen übrigens *Bummeln*, weil sie glauben, mir *Shoppen* nicht zumuten zu können. Bislang blieb meinem kleinen Männerhirn der Unterschied zwischen diesen beiden Varianten des weiblichen Stadtbesuchs allerdings verborgen.

Bummeln geht so: Wir setzen uns ins Auto, fahren in die Stadt, kämpfen mit anderen Menschen um einen Parkplatz, steigen aus und gehen von Bekleidungsgeschäft zu Bekleidungsgeschäft. Wenn ich erschöpft bin, darf ich mich auf einen Hocker setzen und beobachten, wie meine Töchter wie Schmetterlinge von Kleiderständer zu Kleiderständer flattern ...

Und das ist Shoppen: Wir setzen uns ins Auto, fahren in die Stadt, kämpfen mit anderen Menschen um einen Parkplatz, steigen aus und gehen von Bekleidungsgeschäft zu Bekleidungsgeschäft. Wenn ich erschöpft bin, darf ich mich auf einen Hocker setzen und beobachten, wie meine Töchter wie Schmetterlinge von Kleiderständer zu Kleiderständer flattern ...

Beide Varianten kosten mich ein Vermögen, aber etwas Neues zum Anziehen erwerbe ich weder bei der einen noch bei der anderen Veranstaltung. Ganz im Gegensatz zu meinen Töchtern. Kurz vor Ostern hielten sie den Zeitpunkt offensichtlich für gekommen, mich auf den

Stadtbesuch einzustimmen. Es wurde ernst, Schluss mit lustig, die Vorzugsbehandlung durch meine Töchter ging unwiderruflich ihrem Ende entgegen, denn nach dem Einkauf würden sie mit mir erfahrungsgemäß wieder rauer umspringen.

„Papa, warum trägst du das ganze Jahr eigentlich dieselben Klamotten?“, wollte Dorle wissen. „Im Frühjahr könntest du ruhig mal was Farbenfrohes anziehen. Wir gehen bummeln und suchen dir was Schönes aus, ja?“

„Wenn ihr meint“, antwortete ich zögernd. Überraschend schaltete sich jedoch meine Frau ein.

„Eine nette Idee von euch, Kinder, aber ich gehe mit, sonst kauft ihr wieder die Geschäfte leer und Papa hat nicht mal ein neues Unterhemd.“

Ich fühlte eine gewisse Anspannung. Einkaufen in Begleitung meiner Frau *und* meiner Töchter? Spontan kam mir der Gedanke, in einem der nächsten Romane diese Situation als Ausgangsplot für ein Familiendrama zu nehmen.

„Also, Hagen, was hältst du davon? Anschließend gehen wir zusammen essen“, schlug Elsa vor.

Böses ahnend wagte ich einen Gegenvorschlag: „Und wenn ich alleine einkaufen gehe, und wir uns anschließend im Restaurant treffen?“

Meine Frau schüttelte den Kopf. „Das wäre schade, Schatz, schließlich haben wir schon lange nichts mehr gemeinsam unternommen.“

Wir fuhren mit dem Wagen in die Stadt.

„Wo willst du parken?“, wollte Elsa wissen.

„In der Krugstraße? Dann sind wir sofort in der City.“

„Da ist doch alles besetzt, fahr lieber …“

„Mama, Papa, nicht schon wieder!“, rief von hinten ein dreistimmiger Töchterchor, unser Lieblingsstreitthema rabiat unterbindend, ich brach ab und fuhr ohne weiteren Widerspruch zum Seeuferparkplatz. Dort umkreiste ich raubvogelgleich die stehenden Fahrzeuge, bereit, sofort in eine freiwerdende Lücke zu stoßen.

„Hagen, fahr langsam, da vorne geht jemand mit einem Schlüssel!“, rief Elsa, die eine Art Parkplatz-Sensor besitzt. Dank ihr haben wir noch nie länger als drei Minuten suchen müssen. Im Schritttempo und mit gebührendem Abstand folgte ich unserem Mann, bis er stehen blieb. Er schloss die Tür seines Fahrzeuges auf und startete den Motor.

„Jetzt fahr zu, Hagen!“, rief meine Frau.

Uns gegenüber, auf der anderen Seite des Parkplatzes, stand ein schwarzes Sportcoupé. Wegen der getönten Scheiben konnte ich den Fahrer nicht erkennen, aber er schien genauso auf die freiwerdende Lücke aus wie wir. „Der will doch wohl nicht?“, knurrte Elsa. Ich zuckte mit den Schultern, ich wusste, er wollte, plötzlich schoss das Coupé los, und ehe ich reagieren konnte, hatten wir das Nachsehen.

„Ich fass es nicht, so eine Unverschämtheit!“, schimpfte meine Frau und sprang aus dem Wagen, um den Fahrer zur Rede zu stellen.

„Was fällt Ihnen ein? Das ist unser Parkplatz!“ Wütend trommelte sie gegen sein Seitenfenster. Die Tür öffnete sich und dem Gefährt entstieg ein Mann, der, nachdem er sich vollständig aufgerichtet hatte, zu einem Zweimeterriesen heranwuchs, Typ Möbelpacker, nicht Typ Bohnenstange. Grinsend und Kaugummi kauend sah er durch seine verspiegelte Sonnenbrille auf Elsa hinab.

„Papa, du musst was tun!“, flüsterte Dorle.

„Das stimmt, nur was? Der Kerl sieht aus wie ein Zuhälter, bestimmt verhält er sich auch so.“

Mir fiel ein Roman von Egon Erwin Kisch mit dem schönen Titel *Der Mädchenhirt* ein. Kisch beschreibt darin die Zuhälterkarriere eines Mannes, der am Ende sein verpfuschtes Leben bereut. Ich befürchtete, unser Sportcoupéfahrer hatte dieses Stadium noch längst nicht erreicht. Insofern erschien es mir ziemlich unsinnig, an seine Moral zu appellieren, nur verfügte ich leider über keine anderen Kampfmethoden.

„Papa, jetzt tu was!“ Energisch erinnerte mich Greta daran, dass ich noch immer im Auto saß. Mit weichen Knien stieg ich aus.

„Es tut mir leid, gnä' Frau“, hörte ich den Zuhälter sagen, „ich war in Gedanken. Selbstverständlich überlasse ich Ihnen den Parkplatz.“ Er sprach mit typischem Wiener Schmäh, ich wusste, der Dialekt würde Elsa dahinschmelzen lassen, sie liebte Wien. Deshalb war ich über die fast liebenswürdige Antwort meiner Frau auch nicht überrascht.

„Keine Ursache, Herr Professor, wir finden einen anderen Parkplatz. Darf ich Ihnen meinen Mann vorstellen? Hagen Hagemann. Sie werden vielleicht noch nichts von ihm gehört haben, aber er ist Schriftsteller. Hagen, das ist Professor Wanschitz, er arbeitet an der Universität in Wien und ist Wirtschaftswissenschaftler.“

Wenn heute so Wirtschaftswissenschaftler aussehen, woran erkennt man dann einen Zuhälter? Mit finsterem Blick deutete ich ein Kopfnicken an, wenn er wirklich kein Zuhälter war, konnte ich das riskieren.

„Sie wirken a bisserl grantig", grinste der Kleiderschrank. „Nicht böse sein wegen des Parkplatzes, Niederlagen machen stark. Das tut uns Männern gut, glauben Sie mir."

„So, so", antwortete ich.

Wanschitz lachte. „Entschuldigens, Herr Hagemann, das war a Scherz. Kommen's, ich lad Sie auf einen Braunen ein."

„Auf einen was?"

Wanschitz nahm seine Sonnenbrille ab. Offene, und wie ich mir eingestehen musste, sogar freundliche Augen sahen mich an. Also doch ein Mädchenhirte?

„I mein oan Kaffee", lächelte er.

Ich wies sein Angebot ab. „Wir müssen einkaufen, außerdem suchen wir noch einen Parkplatz."

Er zuckte mit den Schultern und verabschiedete sich, Elsa beglückte er mit einem Handkuss, mich bedachte er mit einem Schraubstock-Händedruck, nur unter Mühen gelang es mir, einen Schmerzensschrei zu unterdrücken. „Nicht gerade die feine Wiener Schule", dachte ich, „also doch ein Zuhälter."

„Ein beeindruckender Mann", meinte Elsa.

„Wie man's nimmt", murrte ich, „er hat mir fast die Hand gebrochen."

„Meine hat er pfleglich behandelt", lächelte sie versonnen.

Nachdem auch wir einen Parkplatz gefunden hatten, begannen wir mit dem Bummeln – oder war es Shoppen? Ich sah den weiteren Herausforderungen jedenfalls mit banger Erwartung entgegen. Zuerst betraten wir das nach Auskunft meiner Frauen absolut beste Herrenkonfektionsgeschäft der Stadt. Hier einzukaufen sei ein *Muss* beziehungsweise ein *Must*, wie meine Töchter betonten. Mir war dieses Etablissement völlig unbekannt. Eine Verkäuferin mittleren Alters eilte uns entgegen.

„Möchten Sie sich nur umsehen oder kann ich Ihnen helfen?"

Noch bevor ich Luft holen konnte, sagte Elsa: „Wir suchen für meinen Mann Oberhemden aus der neuen Frühjahrskollektion."

„In welcher Größe?", wollte die Verkäuferin wissen.

„Vier…" Weiter kam ich nicht.

„Vierundfünfzig, XL, Kragenweite dreiunddreißig", antwortete Elsa.

„Welche Farbe?", fragte die Verkäuferin.

„Er liebt rot", stellte Emma fest.

Schlagartig fühlte ich mich in meine Kindheit zurückversetzt, Einkäufe mit meiner Mutter, wahrhaft traumatische Erlebnisse. Ich beschloss, endlich einen Psychoanalytiker aufzusuchen. Was sollte ich jetzt tun? Ich besaß zwei Optionen: Um meine Ehre kämpfen oder mich unterwerfen. Kämpfen wäre mühsam und würdevoll, sich zu unterwerfen verlockend und unehrenhaft, deshalb entschied ich mich für den Kampf und erhob lauter als notwendig meine Stimme.

„Stopp! Ich bin siebenundvierzig Jahre alt, demnach mündig und erwachsen, so könnt ihr nicht mit mir umgehen!"

Elsa und die Verkäuferin sahen mich überrascht an, meine Töchter glucksten.

„Wir wollen doch nur dein Bestes", beschwichtigte meine Frau.

„Mein Bestes bekommt ihr aber nicht", entgegnete ich mit rauer Stimme. „Ich hasse rot. Ihr rührt euch nicht vom Fleck!", befahl ich meiner Familie. „Und Sie", herrschte ich die Verkäuferin an, „Sie gehen mit mir in die andere Abteilung, ich will keine Hemden, sondern Hosen!"Beinahe niemand widersprach, eine unglaubliche Erfahrung, lediglich Elsa erhob noch einmal Einspruch: „Aber Schatz, das letzte Mal hast du anlässlich unserer Hochzeit ein neues Hemd gekauft!"

Mein energischer Blick brachte sie zum Schweigen. Innerhalb von fünf Minuten ließ ich mir zwei Jeans einpacken und probierte sie zum Missfallen meiner Frau nicht einmal an. Danach verkündete ich, meine Konsumwünsche seien befriedigt, nun dürfe es gerne um die Wünsche des weiblichen Teils der Familie gehen.

Für eine Weile von meinem unerwarteten Triumph zehrend, begleitete ich sie hocherhobenen Hauptes von Geschäft zu Geschäft, aber nach einer Stunde spürte ich erste Erschöpfungszustände. Immer öfter suchte ich mir einen Sitzplatz, meist in Gesellschaft von Geschlechts- und Leidensgenossen.

In einem besonders feinen Damenbekleidungsgeschäft kauerte neben mir ein junger Mann in einer Art Dämmerzustand, offenbar schon länger das Ende des Kaufrausches seiner Liebsten herbeisehnend. Gelegentlich sah sie nach ihm, vielleicht um festzustellen, ob er noch bei Bewusstsein war. Die Kontrollbesuche verband sie mit dem Vorführen diverser Kleidungsstücke und der immer gleichlautenden Frage: „Wie findest du dieses Kleid, diese Hose, diesen Rock …?"

Er bewegte kurz die Augenlider und beschränkte sich, einem stoischen Sprachminimalismus huldigend, auf Ein-Wort-Antworten.

Führte sie ihm ein grünes Kleid vor und fragte: „Wie findest du es? ", antwortete er: „Grün", kam sie in einer blauen Hose und fragte: „Wie findest du sie?", antwortete er: „Blau."

Von der Präzision seiner Rückmeldungen war ich beeindruckt, sie weniger. „Wenn du so ein Gesicht ziehst, macht das Shoppen überhaupt keinen Spaß!", giftete sie schließlich entnervt.

Nach einer weiteren Stunde, ich verspürte inzwischen einen triebhaften Hunger, sank ich erschöpft in das für Männer vorgesehene Sofa eines Schuhgeschäftes hernieder. Ich war entschlossen, nur dann wieder aufzustehen, wenn Elsa schriftlich zusicherte, in den nächsten dreißig Minuten mit mir das versprochene Restaurant aufzusuchen.

Nach kurzer Zeit taumelte ein mir nicht ganz unbekannter Wirtschaftswissenschaftler oder Zuhälter dem rettenden Sofa entgegen. Über und über mit Tragetaschen bepackt, wurde er von einer jungen Dame gestützt, bis er sich stöhnend auf das Kanapee fallen ließ.

Seine auf dem Parkplatz noch so kraftvolle und dynamische Ausstrahlung war einer jämmerlichen, ja beinahe armseligen Weinerlichkeit gewichen. „Grüß Gott, Herr Hagemann", flüsterte er tonlos, „müssen's auch immer noch einkaufen?"

„Ich muss nicht, ich kaufe gerne ein", log ich. „Ihnen scheint es überhaupt nicht zu gefallen."

Er nickte. „Ich besuche meine Verlobte, sie lebt hier. Wir sehen uns nur am Wochenende. Und wenn ich von Wien herüberkomme, hetzt sie mich immer durch die Stadt!" Gequält sah er mich an, während ich aus den Augenwinkeln beobachtete, dass Elsa und die Kinder das Geschäft verließen.

„Sie sollten sich mit Ihrem männlichen Selbstverständnis auseinandersetzen", grinste ich, „dann kann Einkaufen nämlich Spaß machen."

Ich wuchtete mich aus dem Sofa und schleppte mich dem Ausgang entgegen, meine Familie war verschwunden. Erleichtert suchte ich das nächste Restaurant auf und beschloss, in Zukunft die Worte *Bummeln* und *Shoppen* aus meinem Wortschatz zu streichen. Einkaufen ist und bleibt eben einkaufen.

ABSCHLUSSBALL

„Heute müssen wir tanzen üben“, meinte Emma, „und zwar gleich nach dem Abendessen.“ Sie besuchte seit drei Monaten die Tanzschule und am Wochenende sollte der Abschlussball stattfinden. Ich zuckte zusammen, denn diesen Termin hatte ich aus meinem Bewusstsein gestrichen. Dorle grinste, in ihrer Klasse war Tanzen uncool.

„Auch wir beide müssen üben“, ermahnte mich Elsa.

„Aber wir sind doch schon ein gutes Team“, wehrte ich ab.

„Denkst du“, entgegnete sie und trat unter dem Tisch auf meinen Fuß.

„Au, was soll das?“, rief ich.

„Damit du verstehst, wie es mir geht, wenn ich mit dir tanze“, erklärte meine Gattin, ging ins Wohnzimmer und kehrte mit einer CD in die Küche zurück.

„Das hier“, verkündete sie triumphierend, „ist Tanzmusik, da ist alles drauf, was wir brauchen, langsamer Walzer, Quickstepp, Slowfox …!“

„Woher hast du die?“, fragte ich ehrlich überrascht. Elsa, die sonst nur Jazz hörte, besaß eine CD von Kurt Edelhagen und seinem Orchester, der originelle Titel: „Super Tanzmusik“.

„Die hab ich mal vor Urzeiten gekauft“, lächelte sie.

Von diesem Tag an musste ich regelmäßig mit ihr und Emma nach dem Abendbrot tanzen. Kollektive Familienfolter. Langsamer Walzer mit Elsa, langsamer Walzer mit Emma, Quickstepp mit Elsa, Quickstepp mit Emma, Foxtrott mit Emma, Foxtrott mit Elsa, alles unter den spöttischen Augen von Dorle und Greta. Mein Leben wurde zur Hölle. Ich probierte zu entrinnen, gab einen Arztbesuch vor, hatte einen wichtigen Termin mit einem Verleger, Schmerzen am Fuß, mein Oberschenkel zwickte, aber es war aussichtslos: Zu den Klängen der Musik von Kurt Edelhagen nötigten mich Frau und Tochter Abend für Abend zu wahrhaft widernatürlichen Bewegungen.

„Du wirst immer besser“, log Emma, während sie mich am Vorabend des Abschlussballs auf das Parkett unseres Wohnzimmers führte. Elsa sah argwöhnisch zu und dirigierte uns mit harter Kommandostimme. In der Nacht quälte mich zum wiederholten Male ein Albtraum. Auf dem Abschlussball hatte ich mich als Turniertänzer ausgegeben und großspurig erklärt, ich wolle den anwesenden Grobmotorikern zeigen, wie man sich elegant bewege. Emma weigerte sich, aber ich zerrte sie auf das Parkett. Neugierig sahen die Ballgäste zu, lediglich Elsa wandte sich mit Grausen ab. Plötzlich stolperte ich, Emma und ich kamen zu Fall und landeten bäuchlings vor den Füßen des Tanzlehrers. Er schüttelte den Kopf.

„Turniertänzer?", grinste er. „Sogar eine Holsteiner Milchkuh tanzt besser als Sie." Emma weinte. Nachdem wir uns wieder aufgerappelt hatten, schrie sie mich wutentbrannt an: „Es reicht, Papa, verschwinde endlich aus meinem Leben, ich will dich nie mehr sehen, du bist das Letzte!" Dann erwachte ich.

„Was ist los mit dir?", meinte Elsa, „du schläfst so unruhig, träumst du schon wieder vom Urlaub auf Ameland?"

„Nein, nein", murmelte ich, „es geht um den Tanzkurs."

„Willst du reden?", fragte meine Frau mitleidig.

„Besser nicht, heute Abend ist es ja soweit."

„Na gut. Was ziehst du eigentlich an?"

Diese Frage trieb mir den Schweiß auf die Stirn, wollte sie schon wieder mit mir einkaufen gehen?

„Ich werde mir nachher was Passendes kaufen, alleine!", stellte ich klar.

„Ja, ja", lächelte Elsa, „ich habe sowieso keine Zeit, ich gehe mit Emma zum Friseur. Bring bitte eine Schachtel Konfekt mit."

„Warum das?", staunte ich. Mich mit dem Kauf von Pralinen zu beauftragen, hieß, den Bock zum Gärtner zu machen: Ich bin Schokoladenjunkie.

„Natürlich nicht für dich", stellte Elsa klar, „aber Emma muss für ihren Tanzpartner ein Geschenk mitbringen."

„Das ist nicht wahr, oder?" Ich rieb mir verwundert die Augen. „Was ist denn mit der Jugend los? Ich habe damals die meisten Tanzkurstermine geschwänzt, statt zum Abschlussball zu gehen, habe ich mit Freunden zur Musik von Deep Purple Luftgitarre gespielt."

„Ja, ja, du alter Revoluzzer", lächelte meine Frau milde. „Times, they are changing, das musst auch du begreifen. Übrigens würde dir ein anthrazitgrauer Anzug gut stehen."

Ich besuchte also erneut das beste Herrenmodengeschäft der Stadt. Zwar hatte ich mir fest vorgenommen, die mir bereits bekannte Verkäuferin mit Missachtung zu strafen, aber leider kam sie mir sofort entgegen.

„Guten Morgen, Herr Hagemann", strahlte sie, „schön, Sie zu sehen. Heute allein? Wie geht es Ihrer Gattin?"

Mein Blick fiel auf das Namenschild am Revers ihrer Kostümjacke: Frau Schmidtlein. Ich glaube, sie stellte noch hundert weitere Fragen.

Beantworten musste ich keine, sie plapperte unentwegt, ohne auch nur einmal Luft zu holen. Nach gefühlten zwei Stunden gelang es mir endlich, den Grund meines Besuchs anzusprechen.

„Wie schön" strahlte sie, „das ist sicher auch für Sie ein großer Tag?"

„Nun ja, in jedem Fall brauche ich einen Anzug."

„Als meine Tochter Abschlussball hatte, war ich schon tagelang vorher aufgeregt."

Ich fürchtete, nun würde sie wieder losplappern.

„Frau Schmidtlein, zeigen Sie mir die Anzüge!"

„Sie glauben gar nicht, wie schön unsere Tochter aussah. Sie trug ein langes, rotes Ballkleid, sündhaft teuer, aber herrlich, und dann ...!"

Ich, nachdrücklicher: „Frau Schmidtlein, ich möchte auf der Stelle einen Anzug anprobieren!"

„Soll ich Ihnen erzählen, was passierte, als mein Mann mit ihr tanzte?"

„Nein, Frau Schmidtlein, auf keinen Fall!"

Endlich gelang es mir, ihren Wortschwall zu stoppen, sie hielt tatsächlich einen kurzen Augenblick den Mund.

„Entschuldigen Sie, Herr Hagemann, ich wollte sie nicht verwirren."

Eine Stunde später war ich im Besitz eines sündhaft teuren, anthrazitgrauen Kammgarnanzuges, besaß ein neues weißes Hemd und topmoderne, zum Anzug passende Kaschmirsocken, Frau Schmidtlein strahlte.

„Sie sehen wunderbar aus, Herr Hagemann, Ihre Frau und Ihre Tochter werden zufrieden sein." Mein Blick verfinsterte sich, erschrocken hielt sie sich den Mund zu. „Oh, jetzt habe ich schon wieder etwas Falsches gesagt, der Anzug muss natürlich nur Ihnen gefallen und nicht Ihrer Frau." Sie wedelte entschuldigend mit den Händen.

„Schon gut", murmelte ich.

„Mein Mann hat übrigens beim Tanz mit unserer Tochter vor Rührung geweint", begann sie wieder, „es hat keiner gemerkt, aber ich kenne ja meinen Manfred."

Ich verließ fluchtartig den Laden. „So ein Weichei, heult auf dem Abschlussball seiner Tochter, lächerlich, würde mir nie passieren." Der anschließende Kauf der Pralinenschachtel verlief komplikationslos. In der Confiserie wurden mir keine Fragen gestellt. Emma und Elsa waren mit meinem Anzug zufrieden, obwohl mir das natürlich völlig gleichgültig war, denn wie hatte Frau Schmidtlein so treffend bemerkt, er musste ja nur mir gefallen. Kurz vor acht kam das Taxi, Dorle und Greta geleiteten uns grinsend zur Tür, wünschten Emma und Elsa viel Spaß und mir alles Gute.

„Wo soll's denn hingehen?", fragte der Taxifahrer.

„Zur Tanzschule Lobsang", antwortete Elsa.

„Abschlussball", nickte er verständnisvoll, „war ich letztes Jahr mit meinem Sohn auch, nicht einfach."

Ich neugierig: „Was wollen Sie damit sagen?"

„Besser nichts", antwortete er mit einem Blick in den Rückspiegel, „Ihre Frau und Ihre Tochter gucken schon böse."

„Richtig", meinte Elsa streng, „wir können uns auch ein anderes Taxi rufen!"

Ich zog es vor, nicht weiter nachzuhaken. Als wir die Tanzschule erreichten, stiegen Emma und Elsa aus, während ich bezahlte.

„Und, was ist jetzt?", drängte ich.

„Was ist was?", fragte der Taxifahrer.

„Warum ist der Abschlussball nicht einfach?"

„Wollen Sie das wirklich wissen?"

„Ja, verdammt noch mal, nun reden Sie schon!"

Ein breites Grinsen in seinem Gesicht.

„Tanzen ist nicht schön, man kommt so selten an die Theke. Und noch ein Tipp: Reden Sie beim Tanzen mit ihrer Partnerin, das lenkt sie ab!"

„Das lenkt sie ab? Wovon?" Ich starrte ihn entgeistert an.

„Von Ihren Tanzkünsten."

„Meinen Sie, ich kann nicht tanzen?"

Er grinste immer noch, verärgert verweigerte ich ihm das Trinkgeld und verließ den Wagen. In der Tanzschule ging es zu wie in einem Bienenkorb. Vierzehnjährige, grell geschminkt, ausnahmslos mit kleinen, glitzernden Täschchen bewaffnet, die dekorativ über schmalen, nackten Schultern baumelten, trugen kurze Cocktailkleider oder lange Ballroben mit Schlitzen und freiem Rücken und standen mit ihren Eltern mal aufgeregt tuschelnd, mal verlegen schweigend in kleinen Gruppen zusammen. Erst jetzt verstand ich, warum Elsa und Emma sich schon seit Tagen mit der Garderobenfrage beschäftigten. Auch die Jungen hatten sich verkleidet. In ihren feinen, fast immer zu großen Anzügen, mehr oder weniger pickelig in den Gesichtern und mühsam um einen kühnen, oder wie sie wahrscheinlich sagen würden, coolen Blick ringend, gaben sie vor, Männer zu sein. Alles wirkte ein bisschen wie ein Wiener Opernball für Arme.

„Da vorne ist Thorben!" Emma zeigte auf eine Gruppe von Jungen, die aussahen wie geklont. Einer davon musste Emmas Tanzpartner sein.

„Bitte Papa, nur kurz Guten Tag sagen und dann gehst du mit Mama sofort an den Elterntisch, ja?" Flehender Blick.

Ich wollte antworten, kam aber nicht dazu.

„Natürlich macht Papa das", verkündete meine Gattin entschieden. Ich nickte ergeben, es schien Emma allerdings nicht besonders zu beruhigen.

„Hi, alles klar?" Einer der jungen Klone, vermutlich Thorben, küsste meine errötende Tochter erstaunlich galant auf die Wange und überreichte ihr einen Blumenstrauß. Lieblos zusammengesteckte Biomasse, die ich nicht mal meiner Schwiegermutter zum achtzigsten Geburtstag schenken würde. Emma bedankte sich, als habe sie etwas unglaublich Originelles bekommen. Dabei hielten alle Mädchen ein solches Ungetüm in den Händen, es schien hauptsächlich aus Trockenblumen, altem Dörrobst und undefinierbaren, vermutlich allergenen Gräsern zu bestehen. Irgendwann unter Kaiser Wilhelm musste die Entwicklung der Blumenbindekunst zum Erliegen gekommen sein. Thorben bedankte sich artig für die Konfektschachtel, hätte ihr aber für meinen Geschmack ruhig mehr Beachtung schenken können, schließlich handelte es sich um eine nicht ganz billige Trüffelauswahl.

„Das ist Thorben, seine Eltern, mein Vater, meine Mutter."

Emma war angespannt, als einfühlsamer Vater riskierte ich zur Auflockerung einen Scherz. „Nein, nein, ich bin Emmas Mutter und das ist ihr Vater.“

Ich zeigte grinsend auf Elsa, Stöhnen und Augenverdrehen bei ihr und Emma, ich ließ mich jedoch nicht entmutigen.

„Du bist also das Tanzwunder? Emma hat viel von dir erzählt. Wisst ihr eigentlich, wie zu meiner Zeit ein Tanzkurs ablief?“

„Nein Papa, das will auch niemand wissen, geh bitte an den Elterntisch!“

Sie war nun nicht mehr angespannt, sondern verärgert. Immerhin hatte ich einen Stimmungswechsel bewirkt, aber Elsa trat mir dennoch kräftig auf den Fuß, ich hatte verstanden. Es gelang mir gerade noch „Dann viel Spaß, Kinder, und bis gleich!“, zu rufen, ehe sie mich in den Ballsaal zu unserem Tisch zog.

„Reiß dich zusammen, Hagen!“, zischte meine Gattin, bevor wir uns setzten und auf den Einzug der Gladiatoren warteten. Die Tanz-Eleven sollten nämlich vor den stolzen Augen ihrer Erziehungsberechtigten in langer Reihe in den Saal defilieren.

„Liebe Eltern, Freunde und Verwandte, es ist soweit, auf diesen Abend haben Sie sicher schon lange gewartet!“

„Ich nicht“, flüsterte ich einem neben mir sitzenden Vater zu, „oder hatten Sie Lust auf diese Veranstaltung? Tanzschule ist doch nichts anderes als die gesellschaftliche Domestizierung der Jugend, finden Sie nicht?“

Er taxierte mich mit einem abschätzigen Blick und rückte von mir ab. „Ignorant“, dachte ich und lauschte weiter Herrn Lobsang, dem Tanzlehrer. Er war in meinem Alter, mit einem tadellosen Körper gesegnet, kein Gramm Fett zu viel, und in einen eleganten Smoking gehüllt. Dazu trug er ein rotes Seidentuch in der Sakkotasche und trippelte vor dem Mikrofon wie ein nervöses Rennpferd hin und her.

„Wir haben“, fuhr er fort, „Ihre Kinder fit gemacht fürs Leben und ihnen die angesagten Gesellschaftstänze vermittelt, sie wissen sich bei Tisch zu benehmen und sind informiert über Bekleidung und Styling. Begrüßen Sie nun mit mir die jungen Tänzerinnen und Tänzer!“

Die Tür öffnete sich und die domestizierte Jugend ergoss sich in der angekündigten Polonaise zu den Klängen der *Bussicats* in den Festsaal. Die Band bestand aus drei nicht sehr vertrauenswürdigen Männern, dickbäuchig, in grellen, farbigen Rüschenhemden, schwarzen Hosen und Lackschuhen. Einer saß hinter dem Schlagzeug, der zweite am Synthesizer, während der dritte fürs Singen und kleine Rhythmusinstrumente zuständig zu sein schien. Ich verschränkte die Arme und betrachtete stumm den Ringelreihen. Elsa sprang auf und strahlte mit den anderen Eltern um die Wette, Kameras blitzten, Applaus donnerte, rhythmisches Klatschen griff um sich.

„Nun freu dich doch, guck mal, wie stolz deine Tochter ist!", rief sie mir zwischen zwei Fotos zu. Ich zuckte mit den Schultern und fühlte zu meiner Überraschung tatsächlich ein leichtes Gefühl von Rührung in mir aufsteigen.

„Meine Emma Hand in Hand mit ihrem Tanzpartner, wie niedlich … ach was!", ermahnte ich mich selbst.

„Und nun liebe Tanzschüler, fordern Sie Ihre Eltern auf, nur Mut!", sülzte Herr Lobsang mit schwiemeliger Stimme.

Ich zuckte zusammen, jetzt kam meine Bewährungsprobe. Was hatte dieser Taxifahrer gesagt? Mit den Frauen reden, um sie abzulenken? Ich bekam feuchte Hände und hoffte, einfach unsichtbar zu sein.

„Also Papa, dann zeig mal, was du kannst!" Emma stand vor mir, obwohl ich eigentlich gar nicht da war.

„Meinst du wirklich? Ich bin es, dein Vater, der Mann, der schon zu Hause im Wohnzimmer versagt hat!", stöhnte ich.

„Jetzt komm!" Energisch zog sie mich hoch und ich folgte ihr mit schlotternden Knien auf die Tanzfläche.

„Denk dran Hagen, du musst führen!", rief Elsa mir nach. Mit meiner Rechten ergriff ich Emmas Hand und legte die andere auf ihre schmale Hüfte, dann ertönten die ersten Akkorde des Synthesizers.

„Um welchen Tanz geht es denn jetzt?", flüsterte ich in ihr Ohr.

„Abwarten", antwortete sie aufmunternd.

Großes Gedränge auf der Tanzfläche.

Ich: „Hier ist gar kein Platz."

Sie: „Das ist doch gut, wir müssen uns nur ein bisschen drehen."

Ich: „Aber in welche Richtung?"

Sie: „Egal, fang einfach an!"

Nicht nur wegen der Blumengebinde hatte ich den Eindruck, mich auf einer Zeitreise zu befinden, denn der Sänger schonte weder sich noch das Publikum und intonierte Jürgen Marcus, einen Schlagersänger aus den Siebzigern. „Eine neue Liebe ist wie ein neues Leben, nananananana ...“

„Jetzt sag schon, welcher Tanz?“, flehte ich Emma an.

„Foxtrott, das geht immer!“

Unser Bewegungsradius entsprach der Größe eines Bierdeckels, aber mir kam das entgegen. Nur der Tipp des Taxifahrers, meine Tanzpartnerinnen zuzutexten, taugte nichts, Emma weigerte sich energisch, meine Ausführungen über die Kulturgeschichte des Gesellschaftstanzes anzuhören. Ich war ihr nicht böse, denn die Konzentration auf die Tanzschritte machte es mir unmöglich, Verständliches zu formulieren, meist hatte ich am Ende eines Satzes schon vergessen, wie ich ihn begonnen hatte. Nach einer kleinen Ewigkeit schwiegen die Bussicats und Emma brachte mich zu unserem Tisch zurück.

„Gerade noch ein Kind und jetzt tanzt sie mit ihrem Vater“, seufzte ich. Meinen Abwehrkampf gegen die Rührung hatte ich aufgegeben, ich fühlte mich stolz und traurig zugleich.

„Oh süße Melancholie, hältst mich gefangen, lässt mich nicht los, schon die Jüngste macht sich auf in die Welt ...!“ Versonnen ließ ich mich auf einen Stuhl sinken.

„Hagen, du warst gut.“ Elsa strich mir sanft über die Wange. „Es sah schön aus, euch miteinander tanzen zu sehen, jetzt bin ich dran!“

Der weitere Abend verlief ohne Zwischenfälle, Emma tanzte mit den Jungklonen in ihren zu großen Anzügen und ich mit Elsa. In einem hatte der Taxifahrer recht, die Theke blieb unerreichbar, allerdings stellte ich zu meiner Überraschung fest, dass sich zu fortgeschrittener Stunde die anfangs so vornehme Kleiderordnung aufzulösen begann. Die jungen Herren entledigten sich ihrer Krawatten und öffneten ihre Hemdkragen, die Damen tanzten barfuß, die hochhackigen, eleganten Schuhe blieben einsam und allein unter den Tischen zurück.

Irgendwann, kurz vor Ende der Veranstaltung, wurde es nahezu ekstatisch, die Bussicats, mit denen ich mich im Laufe des Abends versöhnt hatte, sangen: „Komm, hol das Lasso raus, wir spielen Cowboy und Indianer“.

Ein Aufschrei ging durch den Festsaal, spontan bildeten sich Polonaisen aus Jung und Alt, Jacken wurden in die Luft gewirbelt, ein letzter atemberaubender Höhepunkt, der sogar mich mitriss, dann war der Abend zu Ende.

„Wie wäre es, wenn wir beide auch einen Tanzkurs besuchten?“, meinte Elsa auf der Rückfahrt im Taxi.

„Mal sehen“, brummte ich und hoffte auf Dr. Franz, den Orthopäden meines Vertrauens, er musste mir ein wasserdichtes Attest ausstellen.

Vier Frauchen, ein Hundchen und ein Herrchen

Jahrelang hatte ich mich erfolgreich gegen die Anschaffung eines Hundes gewehrt. „Du musst dich entscheiden, entweder Hund oder Vater", sagte ich zu Emma im Vertrauen darauf, sie würde zu mir stehen. Nachdem der Dämon Pubertät auch von meiner jüngsten Tochter Besitz ergriffen hatte, erschien mir das Risiko jedoch zu groß. Obdachlosigkeit ist schließlich ein hartes Schicksal, und ich war nicht versessen darauf, unter den Brücken und an den Clochard-Treffpunkten zum Gespött zu werden, nur weil ich wegen eines Hundes meinen Wohnsitz verloren hatte.

Nun teilte ich also mein Zuhause mit einer Jack-Russel Hündin namens Tilla. In dem Tierheim, wo wir sie abholten, warteten auch Rüden auf einen neuen Besitzer, aber sie gefielen Emma nicht. Sie waren ihr entweder zu groß, zu alt, zu dick oder zu aggressiv, kurz und gut, nicht niedlich genug. „Männer haben wirklich ein hartes Los", seufzte ich innerlich und konstatierte stillschweigend den Zuwachs unserer Familie um ein weiteres weibliches Mitglied.

„Wenn Sie sich auf Tilla ein bisschen einstellen, werden Sie auf jeden Fall viel Freude mit ihr haben", gab uns die Tierpflegerin nach Erledigung der Formalitäten mit auf den Weg. Was es tatsächlich bedeutete, sich „ein bisschen auf Tilla einzustellen", konnte ich zu diesem Zeitpunkt noch nicht ahnen. Schon am nächsten Tag kaufte Elsa einen riesigen Käfig, einem Hochsicherheitsgefängnis nicht unähnlich. Zunächst fand ich diese Investition sinnvoll, weil ich annahm, dem Tier würden in unserem Haus klare Grenzen gesetzt. Ich brachte sogar einen meiner Ansicht nach konstruktiven Vorschlag ein und empfahl den Kauf eines Zwingers, dessen Gitterstäbe man unter Strom setzen könnte. „Nur um wirklich sicher vor der Bestie zu sein", argumentierte ich, leider quittierten Emma und Elsa meine Idee mit eisigem Schweigen. Später erklärten sie mir, der überdimensionierte Tierzwinger sei ausschließlich für den Kofferraum unseres Kombis gedacht. „Ein

Hund darf nur hinten mitfahren, im Haus soll Tilla sich natürlich frei bewegen", stellte meine Frau mit vorwurfsvoller Miene fest.

Tilla ist übrigens eher kurzbeinig geraten, mir reicht sie kaum bis zur Wade, ihr Fell ist weiß bis schmutzig gelb und an Rücken und Hals mit braunen und schwarzen Flecken durchsetzt, auch der Kopf weist eine weitgehend braunschwarze Färbung auf. Mit den spitzen, fast immer kerzengerade aufgestellten Ohren, der weiß abgesetzten Schnauze und den kleinen, frechen Knopfaugen erinnert sie ein wenig an eine zu groß geratene Maus. Tilla ist von einfacher Herkunft, man könnte mit Fug und Recht sagen, ein Straßenköter, den ein mildtätiger Urlauber im Zentrum von Las Palmas aufgegriffen und mit nach Deutschland gebracht hatte.

Valentin, unser Nachbar, wird seit ihrem Einzug nicht müde zu betonen, sie sei in keiner Weise mit seinem Hund vergleichbar, oder wie er gerne mit eigenwilligem Komparativgebrauch hervorhebt, „in *keinster* Weise". Er selbst besitzt einen Dackel von Adelsgeschlecht mit dem klangvollen Namen *Erra von der Feldkante*. Allerdings nennt er ihn *Fiffi*, vermutlich, weil der Name besser zu seiner heiß geliebten Trainingshose passt.

Tilla demonstrierte seit ihrem ersten Tag bei uns ein hohes Maß an Selbstständigkeit, mit anderen Worten, sie tat, was sie wollte und auf keinen Fall sollte. Eigentlich sollte sie sich nämlich nur unten aufhalten, eigentlich sollte sie bei Tisch nicht betteln und eigentlich sollte sie auf keinen Fall auf der Couch liegen. Aber Tilla, massiv triebgesteuert, entwickelte sich zur ungekrönten Königin im Reiche Hagemann und wir Zweibeiner wurden zu ihren Untertanen. Die Treppe faszinierte Majestät in besonderer Weise. Schon am ersten Tag eroberte sie schnüffelnd die obere Etage, überall entdeckte ich Spuren ihrer Anwesenheit, zerfetzte Papiertaschentücher, ein zerwühltes Bett, zerbissene Holzstöckchen …

„Emma, wieso war der Hund oben?", brüllte ich.

Emma: „Stell dich nicht so an, Papa!"

Ich: „Was heißt, stell dich nicht so an? Er war in meinem Bett!"

Emma: „Dann mach doch die Schlafzimmertür zu!"

Ich, noch lauter brüllend: „Und er hat auf den Teppich gepinkelt!"

Emma: „Wisch es mit Mineralwasser aus!"

Ich, resignierend: „Schön, dass wir uns darüber unterhalten haben."

Nachdrücklicher hätte man mir meine Herabstufung im Hagemannschen Rudel nicht verdeutlichen können. Ich griff also seufzend zu Mineralwasserflasche und Tuch und begann zum ersten und längst nicht letzten Male, die Spuren des vierbeinigen Nichtsnutzes zu beseitigen. Diese Erfahrung erschütterte mein Selbstbewusstsein. Bis zum Mittagessen hatte ich mich jedoch wieder erholt und forderte vehement, Tilla dürfe bei Tisch auf keinen Fall gefüttert werden. „Sonst entwickelt sie sich zum Haustyrannen", warnte ich mit finsterer Miene.

„Du hast ja recht, Schatz", entgegnete Elsa, „aber wir sollten nicht päpstlicher sein als der Papst." Sie hielt Tilla ein Stück Bratwurst entgegen. „Mach hübsch, Tilla, mach hübsch!" Der Hund zeigte jedoch keinerlei Bereitschaft zu diesem kleinen Kunststück und schnappte sich die Wurst ohne Gegenleistung. „Na ja, wir haben ihn ja gerade erst, da darf man eben nicht zu viel verlangen", lächelte meine Frau verständnisvoll.

Ich aß zu Ende und verließ ohne ein weiteres Wort die Küche. Es schien niemanden in meiner Familie zu interessieren. Auf der Couch im Wohnzimmer, wo ich mich zu meinem obligatorischen Mittagsschlaf niedergelassen hatte, verfolgte ich den Tanz, den Elsa und meine Töchter um das Goldene Kalb, respektive den braun-weißen Terrier veranstalteten. Übrigens in einer Tonlage, die um einige Oktaven höher lag als normal. Möglicherweise war dies für Hundeohren angenehm, der geistigen Gesundheit des Tieres konnte die permanente verbale Dauerberieselung durch vier Frauenstimmen sicherlich nicht förderlich sein.

„Wenn sie anfangen, auch mich derart glockenhell zuzutexten, muss ich mich ernsthaft um meine Zukunft sorgen", war mein letzter Gedanke, bevor ich in den mir wohl vertrauten Dämmerzustand hinüberglitt. Als ich erwachte, lag der Hund neben mir und schnarchte leise vor sich hin.

„Das sieht richtig süß aus, Papa, wenn ihr zwei Mittagsschlaf macht", meinte Emma verschmitzt.

„Tilla soll doch nicht auf der Couch liegen", widersprach ich zerknittert, denn ich hatte länger geschlafen, als mir guttat. „Warum habt ihr mich nicht geweckt?" Ärgerlich schlug ich die Decke zurück und sprang auf, wohl wissend, dass meine Mittagsschlafpartnerin dadurch sehr unsanft auf den Teppichboden befördert würde. Tillas empörtes

Aufjaulen nahm ich mit einer gewissen Genugtuung zur Kenntnis, sie verschwand beleidigt in ihr Körbchen. „Genau so müssen Hunde erzogen werden", dachte ich grimmig.

„Papa, was soll das? Du hast Tilla wehgetan!", schimpfte Emma wütend.

„Na und? Sonst versteht das Tier nie, was sich gehört!" Ich sah meiner Tochter kämpferisch in die Augen, aber sie wich mir aus und verließ das Wohnzimmer. Ich war ein wenig erleichtert, denn so konnte ich meinen Sieg zumindest kurz auskosten, die Höchststrafe für mein unbotmäßiges Verhalten würde nämlich nicht lange auf sich warten lassen: vollständige Missachtung. Darin war Emma Meisterin, ohne sichtbares Bedauern konnte sie mich tagelang wie Luft behandeln.

Alle Erziehungsratgeber lügen, die behaupten, Kinder seien emotional von ihren Eltern abhängig. Es sind die Eltern, die die Pubertyrannen um Gnade anflehen, die sich erniedrigen, um wieder von ihnen geliebt zu werden. Auch ich würde zu Kreuze kriechen, als Erster um Kontakt betteln und glücklich sein, wenn meine Tochter mich wieder erhörte. Nur diesen kurzen Moment wollte ich noch genießen, mich wenige Minuten dem Triumph des Sieges hingeben. Also ließ ich sie empört aus dem Zimmer rauschen und das von mir so schändlich misshandelte Tier in der Küche trösten, erst dann folgte ich ihr und formulierte im Kopf bereits ein mögliches Friedensangebot.

„Was ist denn mit euch los?", meinte Elsa, die aus ihrem Arbeitszimmer gekommen war, um sich eine Tasse Tee zu holen. Emma musste jedoch kein Wort sagen, ein vernichtender Blick für mich, sowie fürsorgliche Gesten für den Hund signalisierten meiner Frau sofort, was sich ereignet hatte.

„Papa hat dem Hund sicher nicht absichtlich wehgetan", meinte Elsa.

„Das wüsste ich", zischte Emma, schnell griff ich Elsas Vermittlungsbemühungen auf.

„Genau, Mama hat recht, ich war noch nicht ganz wach, deshalb habe ich nicht aufgepasst. Wir wär's, wenn ich dich heute Abend mit dem Auto zum Cellounterricht bringe? Tilla nehmen wir mit, und während du Unterricht hast, gehe ich mit dem Hund spazieren."

„Meinetwegen", brummelte Emma noch immer ungnädig. Mehr durfte ich jedoch nicht erwarten, die gemeinsame Autofahrt war eine

Gelegenheit, die Sympathie meiner Tochter zurückzugewinnen. Mein Freund, der Psychologe, behauptet, in heutigen Familien seien Aushandlungsprozesse zwischen Eltern und Kindern normal. Ob es auch normal ist, dass Väter sich ständig zum Affen machen müssen, hat er nicht gesagt.

„Kommandofamilien wären mir wesentlich sympathischer", stellte ich still und heimlich fest. Aber warum alten Zeiten nachtrauern, es galt, die neu gewährte Gunst Emmas zu nutzen. „Jetzt verstoßen wir ja gegen das erste Gebot", grinste ich, als wir im Auto saßen und Emma den Hund vorne einsteigen ließ.

„Was meinst du?", fragte sie.

„Tilla soll doch hinten fahren."

„Auf so einem kurzen Stück ist das ja wohl egal", sagte Emma und lächelte sogar. Mir ging das Herz auf, meine Tochter war wieder freundlich zu mir. An der Musikschule ließ ich sie aussteigen und parkte den Wagen auf einem nahegelegenen Parkplatz, dann lief ich mit dem Tier in die Stadt, zumindest versuchte ich es. Eigentlich verstand ich die Autofahrt mit anschließendem Spaziergang nicht nur als ein Friedensangebot für meine Tochter, sondern auch für Tilla, denn ich war davon ausgegangen, dass Spaziergänge grundsätzlich eine Freude für Hunde seien. Tilla zeigte jedoch zu meiner Überraschung sichtliches Desinteresse. Sie riss ihre Schnauze weit auf, gähnte ein unverschämtes, tierisches Gähnen, dem ein eigenartiges Piepsen folgte, und stemmte sich mit allen vieren gegen den Stadtgang. Ich entschloss mich, darauf keine Rücksicht zu nehmen und zog sie hinter mir her.

„Du wirst mich nicht daran hindern, in die Buchhandlung meines Vertrauens zu gehen, Tilla, du nicht!", schimpfte ich. Nach wenigen Schritten erlahmte ihr Widerstand und ich beglückwünschte mich im Stillen zu meinem konsequenten Durchgreifen.

„Guten Abend Herr Hagemann, Sie wollen sicher den neuen Kehlmann abholen", begrüßte mich Frau Sperber, die Geschäftsführerin der Buchhandlung.

„Stimmt. Würden Sie bitte auch nach den Büchern schauen, die meine Frau bestellt hat?", bat ich.

„Selbstverständlich", antwortete Frau Sperber und verschwand dienstbeflissen im Lager, während ich, den Hund weiter hinter mir herziehend, einen Blick auf das Romanregal warf. Nebenbei konnte ich auf diese Weise unauffällig kontrollieren, ob mein eigenes Buch noch angeboten wurde. Was dann geschah, kann ich nur ungefähr rekonstruieren. Ich weiß noch, dass ich mich kurz nach Tilla umsah, dabei zu meinem Erschrecken in das feixende Gesicht von Frau Winkelstein blickte und gleichzeitig den penetranten Gestank von Hundekot wahrnahm. Für einen Moment dachte ich befriedigt: „Ja, so kann nur sie riechen“, stellte dann aber zu meinem Entsetzen fest, dass der Hund sich erleichtert hatte und ich, wie auch immer, hineingetreten war und die Exkremente Schritt für Schritt auf dem Parkettboden verteilt hatte.

„Es ist nicht zu glauben, dieser Mann lässt seinen Hund mitten in der Buchhandlung kacken!“, kreischte Frau Winkelstein, die ich nach dem Elternabend in der Schule und meiner halbherzigen Entschuldigung bei diversen Begegnungen konsequent ignoriert hatte. „Das grenzt ja an Tierquälerei, eine Riesensauerei, die der Herr Schriftsteller hier veranstaltet!“

Alle Augen in der Buchhandlung fixierten mich, ja schienen mich zu durchbohren. Mein erster Impuls war Flucht, raus aus der Buchhandlung, mich irgendwie in Luft auflösen. Ich empfand eine unbändige Wut auf Tilla, die herumschnüffelte, als habe sie mit alldem nichts zu tun. Gleichzeitig spürte ich jedoch, glühender Lava gleich, ein noch viel stärkeres Gefühl in mir aufsteigen: Rache, Hass, das Böse. Es trieb mich, Frau Winkelstein zu vernichten, sie zu erniedrigen, sie endgültig der Lächerlichkeit preiszugeben.

„Wenn Sie glauben, Frau Stinkebein, Sie dürfen mich …!“, brüllte ich, wurde aber abrupt unterbrochen, denn zu meiner Verblüffung entwich Tilla von ihrer Leine und machte sich selbstständig, wie ein Irrwisch rannte sie durch die Buchhandlung, sprang Frau Winkelstein an, dann andere Kunden, erneut Frau Winkelstein, riss ihr knurrend, als wollte sie mich gegen meine Intimfeindin verteidigen, ein Stück Stoff aus dem Rock, rannte wieder los, schlug Haken nach links und rechts, dabei immer verfolgt von zwei jungen, sportlichen Buchhändlerinnen, die das Schlimmste zu verhindern trachteten.

„Hilfe, dieses Ungeheuer hat mich gebissen, ich werde Sie wegen Körperverletzung anklagen!“, kreischte Frau Winkelstein.

„Sie sind selbst die fleischgewordene Körperverletzung!“, zeterte ich. Meine Nerven lagen blank, aber zu meinem Glück verließ sie, wüsteste Drohungen ausstoßend, das Geschäft.

„Da vorne ist er, da vorne am Romanregal!“, rief Frau Sperber, die durch den Lärm aufgeschreckt, aus dem Lager zurückgekommen war und mit einem Blick die dramatische Situation erfasst hatte. Vorsichtig näherten sich die beiden jungen Buchhändlerinnen dem Hund, dem das alles sichtlich Vergnügen bereitete. Tilla saß auf allen vieren sprungbereit, vor Anspannung bebend vor dem Regal und bellte den Frauen verspielt entgegen.

„Lassen Sie sie mich einfangen, bloß nicht jagen, sonst könnte es noch lange dauern!“, warnte ich, leider zu spät. Mit dem Ausruf „Jetzt hab ich dich!“ stürzte sich die Größere auf Tilla wie weiland Sepp Maier während eines Bayernheimspiels auf die verirrte Ente im Münchener Olympiastadion. Leider hechtete sie derart dynamisch in Richtung Romanregal, dass das nur leicht an der Wand befestigte Gestell bedenklich ins Wanken geriet und fast alle Bücher auf die hilflos auf dem Boden liegende Frau stürzten. Der Hund war nicht mehr zu sehen.

„Mein Gott, haben Sie sich verletzt?“, fragte ich besorgt und versuchte sie aus der gefallenen Literatur herauszugraben.

„Schon gut, kein Problem, alles in Ordnung“, antwortete sie und lächelte etwas verwirrt. „Sie haben so einen süßen Hund, dem kann man wirklich nichts übel nehmen.“

„Ich bewundere Ihre Leidensfähigkeit“, antwortete ich beschämt.

Frau Sperber hatte sich inzwischen, unterstützt von lauten Anfeuerungsrufen der begeisterten Kundschaft, in die Verfolgungsjagd eingeschaltet und Tilla in der Kinderbuchecke aufgespürt. Furchtlos, mit der Attitüde einer Großwildjägerin, näherte sie sich dem Hund, streckte ihm beschwörend den ausgestreckten Zeige- und Ringfinger ihrer rechten Hand entgegen und sagte im strengen Ton: „Tilla, sitz!“ Ich traute meinen Augen nicht, der Hund setzte sich tatsächlich hin und legte sich dann sogar vor ihr auf den Rücken. „Na also, sie ergibt sich, Herr Hagemann“, meinte Frau Sperber stolz, nahm Tilla auf den Arm und überreichte sie mir unter frenetischem Applaus der zuschauenden Kundschaft.

„Bravo, Frau Sperber, das war eine Meisterleistung, ein richtiges Event in Ihrem Buchladen!“ Ein Hüne mit Sonnenbrille und einem Oberkörper wie ein Schrank trat auf sie zu und gab ihr einen Handkuss.

„Na ja, Professor Wanschitz, ich bin einfach nur froh, meinen Laden gerettet zu haben, das sollte keine PR-Aktion sein." Schon wieder der Wiener Zuhälter, es blieb mir nichts erspart.

„Das ist mir so peinlich, liebe Frau Sperber, ich werde natürlich alles sofort meiner Versicherung melden, sodass der entstandene Schaden bezahlt wird", murmelte ich. Die Mitarbeiterinnen begannen den Hundekot aufzuwischen und räumten die Bücher wieder ein, dabei fiel mir auf, dass ausgerechnet mein Roman nicht auf den Boden gestürzt war.

„Es ist ja nicht viel passiert, Herr Hagemann. Da nicht Sie meinen Laden verunreinigt haben, sondern Ihr Hund, vermute ich, dass Sie gegen mich nichts einzuwenden haben", lächelte sie.

„Selbstverständlich nicht, ich stehe tief in Ihrer Schuld", antwortete ich. Dann nahm ich Tilla wieder an die Leine, bezahlte hastig meine Bücher und schwor mir, mich vorerst nicht mehr in der Buchhandlung Sperber sehen zu lassen.

„Was ist los Papa? Du bist so blass, ist was passiert?", fragte Emma, als ich sie wieder abholte. Ich schüttelte den Kopf. Erst Tage später erzählte ich meiner Familie von dem Vorfall. Sie wusste jedoch längst Bescheid.

Politische Bildung ab fünf

Kurz nach den Sommerferien lud mich Peter, mein Psychologenfreund, zu einer Sitzung des Stadtrates ein.

„Es geht um das Konjunkturpaket, das interessiert dich doch", meinte er. Peter ist ein klassischer Tatenmensch, er hat zum Beispiel keinerlei Skrupel, in öffentlichen Diskussionen selbstbewusst seine Meinung zu vertreten, selbst wenn er – vorsichtig formuliert – nur eine periphere Sachkenntnis besitzt. Ich bewundere ihn deswegen, wahrscheinlich ist ihm noch nicht eine Sekunde seines Lebens der Gedanke gekommen, sich blamieren zu können.

Ich kenne ihn bereits seit unserer Studentenzeit, schon damals engagierte er sich politisch und war eine große Nummer im Studentenparlament. Seine begnadeten rhetorischen Fähigkeiten brachten sogar manchen Professor zur Verzweiflung, während vor allem unsere Kommilitoninnen ihn deswegen bewunderten. Man nannte ihn den Dutschke von Marburg, und ich war sein Freund. Warum er ausgerechnet mich dazu erkoren hatte, weiß ich bis heute nicht, denn ich war das genaue Gegenteil von ihm: Antriebslos, mehr Schweiger und Grübler denn Redner, im Seminar bekam ich den Mund nicht auf und zitterte vor jedem Referat, aus Angst, im Mittelpunkt stehen zu müssen.

Meine Freundschaft zu Peter veränderte mein Leben. Ich profitierte von seinem Glanz, mit ihm zusammen einen Seminarvortrag zu halten, garantierte so selbstverständlich eine gute Note, wie der Genuss von zu schnell getrunkenem Mineralwasser zu Aufstoßen führt. Auch mein Ansehen bei den Frauen stieg. Zwar sprachen sie mich, seinen Adlatus, nur deshalb an, um zu ihm Kontakt aufnehmen zu können, aber das kränkte mich nicht. Eines Abends kam ich mit einer dunkelhaarigen und sportlichen Studentin ins Gespräch, sie saß mir in einer Kneipe gegenüber, in die ich mit Peter nach einer seiner Redeschlachten im Studentenparlament gegangen war.

Zu meiner Überraschung hatte sie jedoch an ihm gar kein Interesse, sie wollte sich mit mir unterhalten. Ich war verunsichert, es gelang ihr jedoch schnell, mir die Verunsicherung zu nehmen. Ihr Name war Elsa. Seit dieser Begegnung trafen wir uns immer häufiger und je mehr Zeit ich mit ihr verbrachte, desto mehr verlor ich Peter aus den Augen. Irgendwann mieteten wir eine gemeinsame Wohnung, zogen nach dem Studium nach Osnabrück, heirateten und bekamen drei wunderschöne Töchter. Sie glaubt übrigens bis heute an meine Schriftstellerkarriere und hat ihre Hoffnung nie aufgegeben. Als sie die Gelegenheit bekam, in einer Kleinstadt Schulleiterin zu werden, zogen wir noch einmal um. Seitdem genieße ich das Leben in der Provinz, auch wenn die Suche nach Inspiration für einen Schriftsteller hier nicht immer leicht fällt. Aber wie heißt es so schön: Provinz fängt in den Köpfen an. Während meine Frau also für den Familienunterhalt zuständig ist, pflege ich den Müßiggang.

Zur Erweiterung meines Horizontes und aus Recherchezwecken habe ich mir übrigens eine Stammkneipe zugelegt, die ich in regelmäßigen Abständen besuche. Ausgerechnet dort traf ich Peter wieder, der nach seiner Marburger Zeit in Hamburg Psychologie studierte, inzwischen ebenfalls in unser Städtchen gezogen war und hier eine psychotherapeutische Praxis eröffnet hatte. Übrigens hatte auch er geheiratet, den Namen seiner Frau angenommen und ihn sogar nach ihrer Trennung behalten. Zuerst erkannte ich Peter nicht, seine ehemals wehende Mähne hatte er einem extremen Kurzhaarschnitt geopfert, er trug feinstes Tuch und schien, seiner Körperform nach zu urteilen, Bier zu seinem Lieblingsgetränk erkoren zu haben. Erst als er mit einigen Gesprächspartnern an der Theke in eine lautstarke politische Diskussion geriet, wusste ich sofort, um wen es sich handelte. Noch immer bewunderte ich sein Talent zur Selbstdarstellung und seine rhetorische Begabung. Er hatte seine Fähigkeiten schon kurz nach seinem Umzug von Hamburg in den Dienst der hiesigen Bürgerbewegung gestellt und sich in den Stadtrat wählen lassen, wo er wegen seiner brillanten und leidenschaftlichen Reden gefürchtet war.

Seit unserer Begegnung in der Kneipe trafen wir uns wieder regelmäßig, obwohl Elsa nicht sehr begeistert war. „Konzentriere dich lieber auf deine Arbeit, Peter hat dir schon damals in Marburg nicht gutgetan“, ermahnte sie mich.

„Er hat mir nicht gutgetan? Immerhin haben wir beide uns durch ihn kennengelernt!“ Elsa liegt oft richtig mit ihren Beobachtungen, aber ich wollte mir den Kontakt zu meinem alten Freund nicht vermiesen lassen. „Übrigens schlägt er mir vor, eine Stadtratssitzung zu besuchen, es geht um das Konjunkturpaket“, sagte ich. „Ich finde, unsere Töchter sollten mitgehen, es wird Zeit, dass sie sich mal ein bisschen mit Politik beschäftigen.“

„Dass der Stadtrat dafür der geeignete Ort ist, wage ich zu bezweifeln. Aber von mir aus, frag sie.“

Meine Frau zuckte mit den Achseln und ich redete mit unseren Töchtern, schwärmte in den höchsten Tönen von der Bedeutung des Rates, betonte, wie wichtig Politik für die Persönlichkeitsbildung sei und zürnte gegen die Leichtfertigkeit und Konsumorientierung der heutigen Jugend, die sich für kein Geld in der Welt mehr engagieren wolle.

Während sie mich zunächst belustigt und eher mäßig interessiert anhörten, merkten sie bei meinem letzten Satz auf.

„Für kein Geld in der Welt?“, fragte Dorle. „Das kannst du nicht sagen, für eine kleine Taschengelderhöhung wären wir durchaus bereit mitzugehen, stimmt's Mädels?“ Sie grinste ihre Schwestern an, die eifrig nickten. Dorles Schlagfertigkeit nötigte mir zwar Respekt ab, es war jedoch schmerzhaft, feststellen zu müssen, dass nur schnöder Mammon meine väterliche Autorität zu stützen schien und meine Töchter erst nach Zusicherung eines Extrabonus bereit waren, mich in die Ratssitzung, die üblicherweise um fünf Uhr begann, zu begleiten.

„Schön, dass ihr gekommen seid“, begrüßte uns Peter mit Handschlag, „ich hoffe, es wird euch gefallen.“

Dorle, Greta und Emma lächelten leicht befremdet, ich plauderte noch einen Augenblick mit ihm, bis er zu seinem Platz zurückkehrte. Dabei bemerkte ich, dass er andere Menschen, vermutlich Ratsmitglieder, ebenso umständlich begrüßte wie uns.

„Was war das denn?“, meinte Dorle, „der ist doch sonst nicht so.“ Auch ich war befremdet und zuckte mit den Schultern. Schließlich war es fünf Uhr, und der Ratsvorsitzende eröffnete die Sitzung, zumindest vermutete ich es, denn er sprach so undeutlich, als sei er noch mit den Resten seines Mittagessens beschäftigt.

Emma tippte mir auf die Schulter. „Papa, was sagt der?“

„Ich glaube, er hat uns und die Politiker im Saal begrüßt“, antwortete ich.

„Sprechen die hier alle so? Dann geh ich gleich wieder nach Hause, ich versteh null, der könnte genauso gut Chinesisch reden.“

Ich schüttelte energisch den Kopf. „Du bleibst, schließlich haben wir eine finanzielle Abmachung.“

Inzwischen war der Vorsitzende beim ersten Tagesordnungspunkt und forderte die anwesenden Bürger auf, Fragen an die Verwaltung zu stellen. Das überraschte mich, denn außer uns gab es im Rathaussaal keine weiteren Bürger, deshalb sah ich mich sowohl meiner Kinder als auch meines Freundes wegen verpflichtet, der Aufforderung Folge zu leisten. Vor allem Peter wollte ich zeigen, dass ich mich seit unserer gemeinsamen Marburger Zeit verändert hatte.

„Papa, du nicht!“, zischte mir Dorle ins Ohr, die meine Gedanken zu lesen schien, aber es war zu spät. Ich hatte mich bereits gemeldet und konnte nicht mehr zurück, zumal sich alle Blicke im Saal auf mich richteten. Aus den Gesten des Vorsitzenden schloss ich, dass er mir das Wort erteilt hatte.

„Mein Name ist Hagen Hagemann. Ich hätte gerne gewusst …“, begann ich zögernd, während ich mich von meinem Stuhl erhob, „wie Sie die Situation am hiesigen Gymnasium zu verbessern gedenken? Es ist doch unwürdig, unsere Kinder in einem derart baufälligen Gebäude unterrichten zu lassen.“

Die Frage war gut, spontan und sachlich formuliert, stolz warf ich einen kurzen Blick auf Greta, sie schien anders darüber zu denken. Statt ihren Vater anzustrahlen oder mir wenigstens aufmunternd zuzunicken, sackte sie auf ihrem Stuhl zusammen und bedeckte ihr Gesicht mit den Händen. Offenbar hatte sie mein Fehlverhalten auf dem Elternabend ihrer Klasse noch nicht vergessen, auch Dorle und Emma waren wenig erbaut.

„Frau Bürgermeisterin?“, nuschelte der Ratsvorsitzende und wandte sich an die Verwaltungschefin.

„Lieber Herr Hagemann“, antwortete sie lächelnd, „ich kann verstehen, dass Sie sich Sorgen machen, die Stadt ist in diesem Fall jedoch nicht zuständig, sie müssen diese Frage im Kreistag vortragen.“

Verwirrt nahm ich Platz. „Wenigstens die Bürgermeisterin kann sich verständlich ausdrücken“, flüsterte ich.

Ohne Umschweife signalisierten mir meine Töchter, wie gleichgültig ihnen diese Erkenntnis war, sie ignorierten mich und schwiegen, ein stummer Schrei fleischgewordener Ablehnung.

„Diesen Mann kennen wir nicht, er ist nicht unser Vater!"

„Wir kommen zum Punkt sechs der Tagesordnung", nuschelte der Ratsvorsitzende, „Maßnahmen der Stadt im Rahmen des Konjunkturpakets. Wird dazu Vortrag der Verwaltung gewünscht?" Zu meiner Überraschung verstand ich dieses Mal jedes Wort.

„Nimm doch mal die Wolldecke aus dem Mund!", schrie einer der Abgeordneten aus den hinteren Reihen.

„Sie reden viel zu schnell!", beschwerte sich ein anderer.

„Dann müssen Sie zuhören und nicht dauernd mit Ihren Laptops spielen", wehrte sich der Angegriffene. „Was ist jetzt? Wie Vorlage?"

„Was meinen die mit Vorlage, geht's hier um Fußball?", wollte Emma wissen, durchbrach damit die töchterliche Ablehnungsfront und handelte sich böse Blicke von Greta und Dorle ein.

„Genau weiß ich's auch nicht", flüsterte ich, „aber ich vermute eine Vorlage enthält die Meinung der Verwaltung für die Politiker."

„Also haben die Politiker keine eigene Meinung?", mischte sich Dorle auf einmal ein.

„Doch, natürlich", beeilte ich mich zu antworten, um ihrer Politikverdrossenheit nicht neue Nahrung zu geben, „sie haben eben eine Meinung zur Meinung der Verwaltung, die die Meinung der Bürgermeisterin hat."

„Jetzt reicht's du Deckennuschler", rief erneut der Abgeordnete aus den hinteren Reihen, „das hättest du wohl gerne, ich melde mich zu Wort!"

„Also nicht wie Vorlage", meinte der Vorsitzende grinsend, „sonst noch Wortmeldungen?"

Und schon schnellte ein Finger nach dem anderen in die Höhe, die Intervention des Ratschefkritikers für Vorsitzenden-Rhetorik hatte enthemmende Wirkung.

„Bitte sehr", erteilte er ihm das Wort. Dieser stand auf, griff zu einem Stapel Papier und schritt stolz zum Rednerpult.

„Ach du meine Güte, jetzt hält der auch noch eine Haushaltsrede", schimpften die anderen und lachten ihn aus.

Alle schienen hier mit ähnlichem Selbstbewusstsein gesegnet wie mein Freund Peter, denn der Angesprochene ließ sich in keiner Weise verunsichern.

„Sehr geehrte Frau Bürgermeisterin, sehr geehrter Herr Vorsitzender, liebe Kolleginnen und Kollegen“, begann er, lobte danach die Verwaltung für ihre schnelle Arbeit, sich und seine Partei dafür, das Konjunkturpaket überhaupt auf die Tagesordnung gesetzt zu haben, die Bundesregierung, weil sie das Geld zur Verfügung gestellt hatte, und erläuterte anschließend ausführlich, was sowieso in der Vorlage stand. Ich wunderte mich, dass er die Bankmanager nicht lobte, die schließlich dynamisch für die Krise gesorgt hatten, oder die Krise für den Geldsegen, der nun über die Kommunen dieser Republik ausgeschüttet wurde. Immer wieder wurde er von Gelächter unterbrochen, aber er nahm es unbeeindruckt zur Kenntnis.

„Und nun danke ich für Ihre Aufmerksamkeit“, schloss er seinen Beitrag, einen munter dahinplätschernden Wortschwall, der mich dennoch zunehmend ermüdet hatte. Ich war dankbar, als er endlich zu seinem Platz zurückging.

„Ja, ja, Helmut, willst mal wieder Freibier für alle verteilen, das ist doch purer Populismus!“, riefen ihm einige zu. Auch der nächste Politiker schritt mit einem dicken Manuskript ans Mikrofon, obwohl er doch gerade deswegen seinen Vorredner besonders erregt geschmäht hatte.

„Sehr geehrte Frau Bürgermeisterin, sehr geehrter Herr Vorsitzender, liebe Kolleginnen und Kollegen“, begann auch er, dieses Mal selber Zielscheibe von Schmährufen. Dann lobte er die Verwaltung für ihre schnelle Arbeit, sich und seine Partei dafür, das Konjunkturpaket überhaupt auf die Tagesordnung gesetzt zu haben und eben nicht die andere Partei, das wolle er hier einmal in aller Deutlichkeit sagen, abschließend ließ er sich lang und breit über die seiner Meinung nach wichtigen inhaltlichen Akzente des Konjunkturpakets aus und erläuterte, was alle in der Vorlage bereits gelesen und sich bereits einmal hatten anhören müssen.

Schon nach wenigen Sätzen spürte ich eine innere Leere, eine angenehme Müdigkeit bemächtigte sich meiner, nur noch mühsam vermochte ich meine Augen offen zu halten. Ich suchte unauffällig nach einer bequemen Sitzhaltung, mein Körper verlangte nach Entspannung. Ich schien schon eine Weile geschlafen zu haben, denn als Greta mich anstieß, bemerkte ich zweierlei: Erstens hielt Peter inzwischen seine Rede und zweitens war mir ein feines Speichelrinnsal aus dem Mundwinkel am Kinn entlanggelaufen.

„Papa, du schnarchst. Was sollen denn die Leute denken?“, zischte sie. Ich straffte mich, um gerade noch Peters Schlussworte zu hören.

„Vielen Dank für Ihre Aufmerksamkeit“, sagte er und ging, mit bösem Blick auf mich, zu seinem Platz zurück. Jedoch nicht nur uns hatte er wenig beeindruckt, auch seine Ratskollegen wirkten desinteressiert, einige, kaum dem Schüleralter entwachsen, betrachteten intensiv den Bildschirm ihres Laptops, andere waren in ein Gespräch vertieft, nicht wenige fixierten teilnahmslos einen imaginären Punkt an der Decke des Rathaussaals. Peter ging von den üblichen bissigen Bemerkungen und eher spärlichem Applaus begleitet zu seinem Platz zurück. Was war mit ihm los? Wo war seine rhetorische Brillanz, seine Ausstrahlung, seine Schlagfertigkeit? Vielleicht war er heute schlecht in Form. Ich rieb mir die Augen.

„Ist das Politik?“, fragte Greta verwundert. „Streiten, wann wer etwas zuerst gesagt hat, immer wiederholen, was andere schon erzählt haben und sich gegenseitig auslachen?“

„Sie nennen es Debatte, damit versuchen sie uns Bürgern Kompetenz zu vermitteln“, antwortete ich ratlos.

„Mir zu öde“, gähnte Dorle, „ich tu lieber was, mir reicht labern nicht. Das Geld kannst du übrigens behalten, Papa. Wir gehen.“

Ich erhob keinen Widerspruch, politische Bildung ab fünf ist ziemlich ermüdend, nicht nur für junge Menschen.

Wo ist mein Bademantel?

Es war Donnerstagnacht, kurz vor eins, als ich später als sonst mit Tilla das Haus verließ. Ich war meist der Letzte, der zu Bett ging, deshalb gehörte das abendliche Gassi gehen zu meinen Pflichtaufgaben. Schon länger beschäftigte mich die Frage, woher eigentlich der merkwürdige Begriff Gassi gehen stammte. Ein Gespräch mit unserem Tierarzt brachte Aufklärung. Bei Tilla, so Dr. Herford, der bereits ein Vermögen an unserem wehleidigen Hund verdient hatte, handele es sich mitnichten um einen reinrassigen Jack-Russel, wohl eher, wie er schneidig diagnostizierte, um eine Kreuzung zwischen Terrier und Dackel. Mit anderen Worten: um eine veritable Promenadenmischung. Und damit sei er bei des Hundes Kern. Früher seien Dienstmädchen hoher Herrschaften zu später Stunde üblicherweise mit den ihnen anvertrauten Hunden auf der Gasse promenieren gegangen, um den Trieben der Tiere freien Lauf zu lassen.

War ich ein Dienstmädchen? Für meine Familie in gewisser Weise schon. War Tilla triebgesteuert? Mehr als jedes andere Lebewesen, das ich kenne. Fast immer zog sie wie ein Berserker an der Leine, bellte jedes ihr unbekannte Wesen an oder markierte alle fünf Meter den Weg mit ihrem Urin. In dieser Nacht verlief unser Spaziergang jedoch recht harmonisch und fast ohne besondere Vorkommnisse. Nachdem Tilla alle notwendigen Geschäfte erledigt hatte, kehrten wir nach Hause zurück. Als wir in unsere Einfahrt einbogen, blieb ich wie angewurzelt stehen, an der Hauswand lehnte Dorle, mein Ein und Alles, meine Erstgeborene, eng umschlungen mit einem mir völlig unbekannten jungen Mann.

„Was sagt dein Vater, wenn ich jetzt noch mit reinkomme?“, flüsterte er verschwörerisch.

„Gar nichts, der schläft“, antwortete sie.

Was sollte ich tun? Vorsichtig den Rückzug antreten? Den Knaben empört zur Rede stellen und dann den Hund auf ihn hetzen oder umgekehrt? Noch während ich grübelte, begann Tilla zu knurren, ich musste mich also zu erkennen geben. Die Situation war mir peinlich, immerhin hatte ich meine Tochter in flagranti ertappt, mit ihrem ersten Freund. War es überhaupt der erste? Fieberhaft durchsuchte ich mein Hirn nach irgendwelchen Hinweisen, die sie gegeben haben könnte, aber bisher hatte sie mir von keiner innigen Jungenbeziehung erzählt. Ob es auch für sie überraschend war, mit ihrem Freund vor mir zu stehen? Ich vermutete schon, nur verstand sie es, ihre Überraschung geschickter zu verbergen als ich.

„Hi, Papa, warum schleichst du dich so an?", begrüßte sie mich unbefangen, zu unbefangen, wie ich fand.

Der junge Mann hob lässig eine Hand und nickte mir zu. „Hi."

„Was, was … macht ihr denn hier?", stotterte ich, während Tilla schwanzwedelnd auf Dorle zulief.

„Er hat mich nach Hause gebracht", lächelte sie, „wir haben uns noch ein bisschen unterhalten, eigentlich wollten wir gerade reingehen. Oder hast du was dagegen?"

Ich zögerte mit der Antwort. Was auch immer ich jetzt sagte, es würde mich in Schwierigkeiten bringen. Hätte ich was dagegen, gefiele dies zwar meiner Frau, die so etwas Ähnliches wie „Endlich warst du mal konsequent" zu mir sagen würde, aber Dorle sähe sich in ihrem nachhaltig gepflegten Verdacht bestätigt, in mir einen kleinkarierten Spießer mit steinzeitlichen Moralvorstellungen zum Vater zu haben.

„Och, eigentlich nicht", entschied ich mich für den Weg des geringsten Widerstandes, schließlich war Elsa schon schlafen gegangen und ein klares „Natürlich habe ich was dagegen, eine Sechszehnjährige gehört um diese Zeit ins Bett!" hätte mir auf der Stelle Ärger eingebracht. Gehörte es zu meinen Vaterpflichten, sie bei der Pflege von Beziehungen zum anderen Geschlecht zu jeder Tages- und vor allem Nachtzeit zu unterstützen? Auch in dieser Frage entschied ich mich für ein entschiedenes „Eigentlich nicht, aber …", schloss die Haustür auf und ließ das junge Paar in unser Wohnzimmer.

Zumindest von dem jungen Galan hätte ich ein wenig Dankbarkeit erwartet, er schien es jedoch für das Selbstverständlichste auf der Welt zu halten, zu so später Stunde das Haus des Mannes zu betreten, mit dessen Tochter er soeben innige Zärtlichkeiten ausgetauscht hatte.

Ich gebe zu, wüsste Dorle im Detail von meiner reichlich antiquierten

Vorstellung über das komplizierte Dreiecksverhältnis Tochter-Freund-Vater, würde sie mich aus guten Gründen für nicht zurechnungsfähig halten. Nur was sollte ich tun?

„Schlaf gut, Papa." Traulich mit dem jungen Mann auf der Couch sitzend, lächelte mir meine Tochter ein freundliches „Jetzt verschwinde endlich" zu.

Ich zog mich also zurück, beschloss aber gleichzeitig, von meinem Hausrecht und meinen Vaterpflichten Gebrauch zu machen. Es konnte nicht schaden, mich in einer halben Stunde noch einmal nach dem Wohlergehen der Turteltäubchen zu erkundigen und zur Tarnung meines Kontrollzwanges eine Kleinigkeit anzubieten. Der junge Mann würde sich über ein paar Salzstangen oder ein Getränk bestimmt freuen, log ich mir vor.

„Gut, dann gehe ich jetzt", antwortete ich, an der Wohnzimmertür verharrend.

„Ist noch was?" Dorle wurde ungehalten.

„Du musst nachher noch den Hund in der Küche einsperren."

„Papa, das weiß ich!" Sie hob ihre Stimme, wie ein Peitschenhieb trafen mich die letzten drei Worte, es war höchste Zeit zu verschwinden, zögernd schloss ich die Tür. Dieser Bedrohung entronnen, musste ich mich nun der nächsten stellen, meine Frau wollte sicher wissen, was hier unten vor sich ging. Ich möchte nicht bedauert werden, zumal ich mir selbst gerne leidtue, aber es gibt Schöneres, als zwischen den Fronten zu stehen. Hätte Elsa an meiner Stelle anders entschieden? Nein, auch sie hätte den jungen Herrn ins Haus gelassen, nur mir würde sie Vorwürfe machen. Ich an ihrer Stelle hätte Verständnis geäußert, ich hätte sie bedauert, mich mit ihr solidarisiert, zürnte ich mich in die passende Stimmung, während ich nach oben ging und schließlich wutentbrannt in unser Schlafzimmer polterte.

„Lass mich bloß in Ruhe, ich weiß genau, was du sagen willst!", zischte ich, noch bevor meine Frau den Mund aufmachen konnte. Erst dann stellte ich fest, dass sie gar nicht die Absicht hatte, etwas zu sagen, sie schlief. Beschämt schlüpfte ich in mein Bett, den Plan, Dorle und ihren Verehrer nochmals aufzusuchen, ließ ich fallen. Mein Bedarf, mich unbeliebt zu machen, war gedeckt. Außerdem fühlte ich mich hundemüde, ein Wort, dessen Bedeutung mir erst richtig aufgegangen war, seit Tilla bei uns lebte.

„Wo warst du gestern Abend so lange?“, wollte meine Frau am nächsten Morgen wissen. „Ich bin die längere Runde gegangen“, antwortete ich ausweichend, „ich wollte noch ein bisschen über ein neues Buchprojekt nachdenken.“

Unsere Töchter belagerten bereits gefühlte zwei Stunden das Badezimmer, ihr Reinlichkeits- und Pflegebedürfnis trieb nicht nur durch exzessives Duschen unsere Wasserrechnung in schwindelerregende Höhen, sondern führte auch zu einer gewaltigen Ansammlung von Tuben, Fläschchen und Pröbchen, die den ursprünglich als Nasszelle gedachten Raum nach und nach in ein unsortiertes und prall gefülltes Drogeriemarktwarenlager verwandelt hatten.

„Und was denkst du über Dorles Freund?“, fragte Elsa. „Du hast ihn ja gestern Abend kennengelernt.“

„Woher weißt du das? Hast du nicht geschlafen, als ich ins Bett kam?“, fragte ich verwundert.

„Doch, doch, aber ich wusste, dass er sie heute Abend nach Hause bringen würde. Dorle ist schon seit einigen Wochen mit ihm zusammen.“

Ich schlug die Decke zur Seite und sprang empört aus dem Bett. „Und das erfahre ich erst jetzt? Warum sagt mir keiner was?“

„Du hattest ja nur das letzte Kapitel deines Romans im Kopf und warst für nichts anderes ansprechbar. Er hat sogar schon einmal bei uns geschlafen … an dem Wochenende, als du auf dem Kongress warst“, fügte Elsa nach einer kurzen Pause hinzu. Mir entglitten die Züge. „Jetzt schau nicht so, unsere Tochter wird eben erwachsen.“

„Und deshalb lässt du diesen Burschen gleich bei uns übernachten? Du weißt doch, dass ich nichts mehr fürchte, als ein männliches Wesen am Frühstückstisch in meinem Bademantel.“

Das Bad war frei geworden. Nun galt es jedes überflüssige Wort zu vermeiden, wollten wir die Morgentoilette mit einem Rest warmen Wassers vollziehen. Unsere Grazien würden nach einem hastigen Frühstück wieder vor dem Spiegel stehen, um bis zur letzten Sekunde vor Schulbeginn mit dem Fön, dem Lockenstab oder so absurden Geräten wie einem Glätteisen am korrekten Sitz der Frisuren zu arbeiten.

Das alles sei völlig normal und eben notwendig, erklärten sie mir herablassend, als ich, mit Hinweis auf die nach meiner Ansicht übertriebenen Haarpflegetätigkeiten, die Aufenthaltsdauer meiner Töchter im Bad auf für alle verträgliche Zeiten zu verkürzen suchte. Im Übrigen verstünde ich sowieso nichts davon. Elsa und ich erledigten schnell und hoch konzentriert, was zu tun war, um erfrischt in den Tag zu starten.

Ich hatte meine Rasur noch nicht ganz beendet, als Dorle, Emma und Greta wieder die familiäre Nasszelle stürmten und mich mit Ausrufen wie „Jetzt lass mich mal, ich muss gleich in die Schule!" vom Waschbecken wegmobbten.

„Und deshalb lässt du also diesen Burschen gleich bei uns übernachten?", nahm ich am Frühstückstisch das Gespräch wieder auf, nachdem unsere Töchter mit lautem Krachen die Haustür zugeworfen und sich auf den Weg in ihre Lehranstalt gemacht hatten.

„Aus welchen Gründen hätte ich es verbieten sollen?"

„Aus moralischen zum Beispiel?", antwortete ich leichthin, obwohl ich wusste, auf welch brüchigem Eis ich mich bewegte, denn weder Elsa noch ich hatten uns in Dorles Alter um bürgerliche Konventionen geschert. Elsa streichelte meine Wange.

„Das sagst du nicht im Ernst. Seit wann vertrittst du solch hausbackene Moralvorstellungen? Du kannst doch Dorle nicht mit den Argumenten von vorgestern kommen, das ist unter deiner Würde."

Und schon trug das Eis nicht mehr. Elsa hatte recht, wie immer, ich hatte nichts weiter zu meiner Verteidigung vorzubringen, bis auf eine selbstverständliche, und wichtige Tatsache: Ich war Dorles Vater, ich konnte doch nicht zulassen, dass ein dahergelaufener Halbstarker mir einfach meine Erstgeborene nahm.

„Ich muss auch in die Schule, denk noch mal über alles nach", riet meine Frau. Sie stand auf und ließ mich mit dem nicht abgedeckten Frühstückstisch, der schon wieder nach einem Spaziergang lechzenden Tilla und den vielen unerledigten Hausarbeiten allein. Ich setzte mich an meinen Computer.

„Es war Donnerstagnacht, kurz vor eins, als ich später als sonst mit Tilla das Haus verließ. Ich war meist der Letzte, der zu Bett ging, deshalb gehörte das abendliche Gassi gehen zu meinen Pflichtaufgaben ...", schrieb ich und begann eine neue Geschichte.

Noch am gleichen Abend war Dorles Freund wieder bei uns. Ich hatte mich inzwischen beruhigt und sah den weiteren Begegnungen mit Erik zuversichtlich und gelassen entgegen. Trotz seines Namens war er weder Wikinger noch blauäugig, vielmehr hatte er eine gewisse Ähnlichkeit mit Roy Black.

„Hi", sagte er, als ich ihm öffnete, ich gab ihm die Hand.

„Guten Abend Erik, wir hatten ja schon das Vergnügen."

Er grinste mich in einer Weise an, die mir zu vertraulich erschien, ich wunderte mich beinahe, dass er mir nicht mit einem „Wie geht's, Alter?" kräftig auf die Schulter schlug, immerhin war er einen halben Kopf größer als ich. Vielleicht hätte ich doch auf Dorle hören sollen, die mit einem warnenden „Ich mach schon auf!" aus ihrem Zimmer nach unten stürmte, als es klingelte. Trotz meiner Gegenwart begrüßten sie sich mit einem langen, innigen Kuss.

„Den jungen Menschen fehlt jegliches Schamgefühl", dachte ich. War ich neidisch wegen der Unbefangenheit, mit der sie Zärtlichkeiten austauschten?

„Ich bin sofort fertig", raunte Dorle ihrem Freund ins Ohr und ließ uns beide im Flur stehen, um ihre seit Stunden andauernden Vorbereitungen für den abendlichen Ausgang abzuschließen. Noch während ich angestrengt nach einem kurzen Gesprächsthema suchte, begann Erik von seinem geplanten Besuch beim Rock am Ring-Festival zu erzählen.

Ich ahnte Böses, dachte: „Gleich will er wissen, ob Dorle mit ihm fahren darf." Ich war selbst als Jugendlicher auf Rockfestivals gewesen und erinnerte mich, bereits zum Frühstück die erste Flasche Bier geöffnet zu haben. Aber Erik verschonte mich mit diesem Ansinnen, und ich begann mich zu entspannen.

„Welche Gruppen spielen denn in diesem Jahr?", fragte ich. Er nannte mir sonderbare Namen wie *The Prodigy*, *The Soundtrack of Our Lives* oder *Bring Me the Horizon*. Kapellen, von denen ich noch nie gehört hatte, dennoch nickte ich fachmännisch.

„Kennen Sie die?", meinte er beinahe erfreut.

„Klar kennt er die, er hört sie jeden Tag, nicht wahr Papa?", kam mir Dorle mit hohntriefender Stimme zuvor, während sie wieder die Treppe heruntereilte.

Dies war die erste von vielen Niederlagen im Kampf um Dorles Gunst. Noch war ich zu unerfahren, um zu begreifen, dass ich weder gegen Erik, den dunkelhaarigen Wikingerjüngling, noch mögliche Nachfolger jemals eine reelle Chance haben würde. Eine Antwort auf

Dorles Frage verkniff ich mir, Sekunden später waren sie zur Tür hinaus.

„Armer Hagen“, lächelte Elsa, „deine Tochter hat dich momentan eindeutig auf Platz zwei verwiesen.“

Ich ging in mein Arbeitszimmer und schrieb meine Geschichte weiter. Die Überschrift ergab sich wie von selbst: „Wo ist mein Bademantel?“

Ich beschloss, mein Morgentextil für die nächste Zukunft sicher vor fremden Zugriffen zu verwahren. Man kann ja nie wissen.

Das Schubidu

Für ihn sei die Stammkneipe wie ein Ersatzzuhause, gestand mir kürzlich ein Bekannter, wenn er sich daheim nicht mehr wohlfühle und Trost suche, werfe er sich seinen Mantel über und marschiere bei jedem Wetter zu seiner Theke.

Ich überlegte, ob das auch für mich galt, war das Schubidu wirklich mein Ersatzzuhause? Suchte ich dort nach Trost, weil ich mich von meiner Familie unverstanden fühlte? Auf jeden Fall musste ich mir keinen Mantel überwerfen, um dorthin zu gehen, denn ich besaß keinen. Schon gar nicht marschierte ich, denn das widersprach meiner antimilitaristischen Grundhaltung. Brauchte ich Trost? Zwar bin ich in unserer Familie das einzige männliche Wesen und könnte mich in meiner Stammkneipe ob meiner Situation bedauern lassen, aber daran hatte ich noch nie ernsthaft gedacht. So schlecht ging es mir also gar nicht, mein Leben konnte sich eigentlich sehen lassen.

Seit Peter nicht mehr im Schubidu verkehrte, weil er sich mit dem Wirt überworfen hatte, forderte mich sogar Elsa gelegentlich auf, das Lokal zu besuchen. „Geh doch mal wieder aus“, sagte sie dann, „du warst schon lange nicht mehr bei Ali.“

Nicht nur die Einstellung von Frauen gegenüber Stammkneipen hat sich geändert, auch die Stammkneipen selbst haben sich gewandelt. Meines Vaters typische Zufluchtstätten existierten nicht mehr. Er saß seinerzeit noch mit gebeugtem Rücken in nikotingeschwängerter Luft vor Pils und Korn an der Theke und wechselte mit gleichgesinnten Geschlechtsgenossen bei spärlicher Beleuchtung hier und da Belanglosigkeiten. Die Etablissements trugen damals noch klassische Namen wie *Löweneck* oder *Bei Trudi*, während sie heute *Pier Nintynine* oder schlicht *Fiftytwo* heißen. Geraucht wird natürlich nur vor der Tür, man gönnt sich lieber ein Glas Prosecco statt Bier und Korn und feiert After-Work-Partys.

Nicht so bei Ali, er nennt After-Work-Partys „Opium fürs Volk“. Sie seien Teil einer gigantischen kapitalistischen Verblödungsstrategie, die den letzten Rest revolutionären Arbeiterbewusstseins in verschwiemelte Kumpelhaftigkeit verwandele.

„Falls man in einer dienstleistungsverseuchten Gesellschaft überhaupt noch von Arbeitern sprechen kann“, fügt er regelmäßig mit grimmigem Blick hinzu, wenn er sich über die moderne Kneipenkultur ärgert. Eigentlich heißt er Ilhan, aber alle nennen ihn Ali, obwohl keiner, nicht mal er selbst, sich an den Grund erinnern kann. Er wurde in Istanbul geboren und kam Anfang der siebziger Jahre als Zehnjähriger mit seinen Eltern nach Deutschland. Dass er deshalb seinen geliebten Fußballverein Galatasaray aufgeben musste, hat er ihnen nie verziehen. Er weigerte sich nicht nur, einem deutschen Club beizutreten, sondern lehnte es auch lange ab, die Schule zu besuchen. Als er achtzehn wurde, packte er trotz der Drohung seines Vaters, ihn zu verstoßen, seinen Koffer und verließ in einer nebligen Novembernacht die Familie, um von Hamburg aus auf einem Containerschiff nach Argentinien zu fahren. Dort blieb er jedoch nicht lange und reiste nach drei Monaten als Kellner in einer üblen Hafenspelunke weiter nach Chile. Ali hat im Laufe seines bisherigen, bewegten Lebens so ziemlich in jedem Land der Erde in einer Kneipe gearbeitet.

„Und heute ist mein Alter wieder in Istanbul, geht jedes Wochenende zu Gala und ich muss mich mit Scheiß-Bundesliga begnügen und euch deutschen Alkohol verkaufen. Aber was will man tun, auch ein Moslem muss regelmäßig essen“, seufzte er, während er mir an einem lauen Sommerabend das letzte Glas Wein servierte.

„Passt nicht wirklich zusammen“, antwortete ich. Ali winkte ab. Nach Deutschland ist er übrigens zurückgekehrt, weil er sich vor drei Jahren über das Internet ausgerechnet in eine Frau aus Essen verliebt hatte.

„Ihr Ex hat sich einfach verpisst und sie mit ihren beiden Töchtern sitzen lassen, das war meine Chance“, grinste er verschmitzt und strich sich über den dünnen, schwarzen Kinnbart, der gut zu seiner sehnigen Gestalt passte. Wenig später fing er im Schubidu an und war seitdem die Seele des Geschäfts. Das Schubidu sei der einzige Betrieb der Stadt, der sich in Arbeiterhand befinde, behauptete Ali, deshalb werde er hier auch nicht ausgebeutet.

Meiner Ansicht nach handelte es sich bei den Inhabern um eine ziemlich skurrile Erbengemeinschaft, die, von Kollektivideen beseelt, betriebswirtschaftliche Notwendigkeiten komplett ignorierten. Eine klare Hierarchie zur Erleichterung geschäftlicher Abläufe war ihnen zum Beispiel absolut zuwider, sie empfanden sie als Verrat an der Freiheit. Deshalb fällten sie Entscheidungen nur im „Plenum“, zu dem sie und einige Gäste sich in der Regel einmal die Woche trafen, um mit feuriger Leidenschaft über die Veränderung der Gesellschaft im Allgemeinen und des Schubidu im Besonderen zu streiten.

Die Frage, ob die Abschaffung des Gerichtes „Bockwürstchen mit Kartoffelsalat“ zugunsten „gebackener Champignons mit Knoblauchsoße“ ein zu großes Zugeständnis an den marktliberalen Zeitgeschmack sei, konnte die Kämpfer für eine bessere Gesellschaft gut und gerne bis zum Morgengrauen beschäftigen.

Als Ali sich nach seiner Rückkehr diesem Plenum vorstellte, prophezeite er in einer flammenden Rede den Niedergang des Kapitalismus und den Neuaufbau einer sozialistischen Gesellschaft mit menschlichem Antlitz, als deren Keimzelle er das Schubidu sehe. Die Anwesenden jubelten ihm daraufhin frenetisch zu und wählten ihn mit überwältigender Mehrheit zum Geschäftsführer. Ob er tatsächlich in der Lage war, eine Kneipe zu führen, stand nicht zur Diskussion, die Verheißung des nahenden kapitalistischen Untergangs reichte als Qualitätsmerkmal völlig aus. Seitdem kämpfte er jeden Abend hinter der Theke für die Weltrevolution, außer sonntags, da hatte das Schubidu geschlossen und die Weltrevolution Ruhetag.

„Weißt du was, Kümmeltürke?“, lallte Werner, der als Stammgast mit seiner Trinkfestigkeit einen wesentlichen Anteil zum wirtschaftlichen Überleben der Kneipe beitrug und unser Gespräch verfolgt hatte. „Als Moslem den Christen Alkohol zu verkaufen ist genial, Religion darf niemanden, ich wiederhole, niemanden hindern, sich die Welt schön zu saufen. Prost, alter Junge!“ Er hob sein Weinglas. Ali war mit einem Tablett leerer Gläser auf dem Weg zur Theke und blieb abrupt stehen.

„Bei Allah, er spricht! Werner, diesen Tag werde ich mir rot im Kalender anstreichen. Aber es wird Zeit für dich nach Hause zu gehen, du hast genug getrunken. Und lass dir vom Kümmeltürken eines sagen: Religion ist nicht krank, sondern eine Erfindung der Herrschenden, um das Volk am Gebrauch seiner Vernunft zu hindern.“ Bei dem letzten Satz ging er auf Werner zu und nahm ihm sein Glas weg. „Ich bring das Tablett jetzt zur Theke und du gehst in dein Bettchen, bezahlen kannst du morgen."

Nach mehreren Versuchen gelang es Werner aufzustehen, und er wankte gehorsam hinter Ali her, der ihn schließlich an den Arm nahm und nach draußen führte. Werner hatte es nicht weit, er wohnte direkt neben der Kneipe. Seine Lautäußerung war wirklich ein kleines Wunder. Seit ich im Schubidu verkehrte, saß er auf seinem angestammten Platz direkt am Eingang und beobachtete beharrlich und ausdauernd schweigend das Treiben an der Theke oder an den Tischen. Nicht mal zum Bestellen musste er etwas sagen, denn Ali füllte sein Glas immer wieder auf, jedenfalls solange er als Wirt den Eindruck hatte, es noch verantworten zu können. Niemand konnte genau sagen, wann Werner mit dem Sprechen aufgehört hatte, aber es musste etwas mit seinem Karriereende als Chirurg zu tun haben. Er war lange Jahre im örtlichen Klinikum Chefarzt gewesen, bis er eines Tages von heute auf morgen seinen Posten aufgegeben hatte und seitdem als freiberuflicher Techniker im Stadttheater arbeitete.

„Einen Kunstfehler kann er eigentlich nicht begangen haben", meinte Ali, mit dem ich mich nach Werners Abgang noch ein wenig über das „Wunder" unterhielt, „denn sonst hätte man bestimmt was darüber gehört."

„War er schon als Arzt jeden Abend hier?", wollte ich wissen.

„Nein, er hatte Familie. Wo die geblieben ist, weiß kein Mensch. Vermutlich hat er sich im Schubidu eingekauft, ohne ihn gäbe es den Laden gar nicht mehr, er säuft nicht nur wie ein Loch, er hat auch Kohle ohne Ende und investiert fast alles in die Kneipe. Es reicht trotzdem hinten und vorne nicht", fügte er seufzend hinzu.

Das Schubidu in Schwierigkeiten? Ich war überrascht. „Vielleicht müsst ihr über modernere Konzepte nachdenken", schlug ich vor.

„Wenn du meinst, wir sollen wie jede andere Kneipe werden, bitte schön, aber ohne mich, dann bin ich die längste Zeit Geschäftsführer gewesen." Ali griff zu seinem Tablett und begann wieder die Tische abzuräumen. „Außerdem ist jetzt Feierabend", raunzte er mich an, als er zurückkam. So hatte ich ihn noch nie erlebt, offenbar stand es wirklich nicht gut um das Schubidu.

Ich beschloss, der Sache nachzugehen. Schon am nächsten Abend ergab sich eine Gelegenheit, Volz und Annette setzten sich zu mir an den Tisch, ein Paar, das für seine Künste am Kickertisch berühmt war. Damit bestritten sie einen nicht unwesentlichen Teil ihres Lebensunterhaltes, denn sie hatten schon häufiger als Doppel hochkarätig besetzte Turniere gewonnen. Während Volz, der den schönen Vornamen Jeremias trug, für seinen Sport die optimale Körpergröße besaß und sich beim Spielen kaum bücken musste, vermittelte die blonde Annette am Kickertisch eher den Eindruck einer Giraffe, die sich aus luftiger Höhe zum Trinken über ein Wasserloch beugte. Ich war mir fast sicher, dass sie Rückenprobleme haben musste.

„N' Abend Hagen, wie wär's mit nem Spielchen?"

„Gerne, aber ihr wisst, dass ich kein Meister bin?"

Annette winkte ab. „Kein Problem, Ferdi macht auch mit, ich spiel mit dir und Volz mit Ferdi." Sie zeigte auf einen jungen Mann, der mit einem vielleicht vierjährigen Kind, das ihm wie aus dem Gesicht geschnitten schien, in der Spielecke saß.

„Alles klar, Ferdi!", rief sie ihm zu. „Jetzt lass mal deine Lisa und komm rüber. Das ist Ferdis Tochter", erklärte sie mir, „seine Ex bringt sie einmal im Monat für zwei Tage zu ihm."

„Und dann geht er mit dem Kind in die Kneipe?", fragte ich.

„Warum nicht?" Annette zuckte lakonisch mit den Schultern, während Ferdi zu uns an den Kickertisch trat. Er war ein gedrungener, untersetzter Kerl mit dem Oberkörper eines Möbelpackers. Er stellte sich zu Volz und drückte mir überraschend sanft die Hand.

„Ich bin Ferdi und das ist Lisa, meine große Liebe." Er deutete mit dem Kopf auf die Spielecke, wo sie gerade in aller Ruhe einen Bauernhof aus Holzklötzen aufbaute.

„Nett, dich kennenzulernen", antwortete ich. Er lächelte.

„Genug der Höflichkeitsfloskeln, jetzt wird's ernst, Jungs, ihr habt Anstoß!", fuhr Annette dazwischen, deren Blick starr auf den Kicker gerichtet war. Breitbeinig und den Oberkörper weit nach vorn gebeugt hielt sie die Griffe ihrer Mittelfeld- und Angriffsreihen in der Hand und wartete darauf, dass Volz den schmutzig weißen Ball durch das kleine Loch in der Seitenbegrenzung rollen ließ. Weder Ferdi noch ich hatten auch nur den Hauch einer Chance, wie von Zauberhand bewegte sich die Kugel in rasenden Rhythmuswechseln zwischen Volz und Annette hin und her. Eigentlich sollten wir abwehren, aber es blieb uns nichts anderes übrig, als unsere Spieler hilflos an ihren Stangen zu drehen und in regelmäßigen Abständen den Ball aus dem Tor zu fingern.

Die beiden Profis hingegen belauerten sich, schoben den Ball in ihren Reihen von links nach rechts, mal rasend schnell, mal aufreizend langsam, jede kleinste Unaufmerksamkeit nutzend, um auf das von mir oder Ferdi schlecht gehütete Tor zu schießen, eine halbe Stunde und zahlreiche nicht gehaltene Torschüsse später hatte ich das Gefühl, meinen Oberkörper nie wieder aufrichten zu können. Ich war vor Anstrengung schweißgebadet und bat japsend um eine Pause.

„Warum läufst du so gebeugt?“, fragte Volz. „Trägst du so schwer an unserer Niederlage?“

„Mein Rücken“, ächzte ich, „diese gebückte Haltung am Kickertisch ist nichts für mich.“

„Einfach ignorieren, immer weiterspielen“, meinte Annette, die trotz ihrer Größe entgegen meiner Annahme offenbar überhaupt keine Rückenprobleme hatte und sich im Gegensatz zu mir elegant auf dem Stuhl niederließ. „Irgendwann ist der Schmerz dein bester Freund, wenn du nichts spürst, fehlt dir sogar was. Was trinkst du?“, wollte sie wissen.

„Wasser“, brachte ich schwer atmend heraus. Ferdi war zu seiner Tochter in die Spielecke gegangen.

„Volz, geh mal zur Theke, bestellen.“ Annette war offenbar nicht nur am Kickertisch die dominantere, Volz schien damit jedoch keine Probleme zu haben und trottete zu Ali.

„Geht's denn wieder?“, fragte sie und fixierte mich dabei mit ihren stahlblauen Augen überraschend mitfühlend, während sie mit der linken Hand eine Strähne ihres blonden Haares hinter ihr Ohr schob. Ich nickte, obwohl mein Körper etwas anderes signalisierte, bei jeder Bewegung schoss mir ein kurzer, schmerzhafter Stromstoß in den Lendenwirbelbereich. „Es sieht nicht wirklich danach aus“, entgegnete Annette.

„Ich mag nicht so gerne drüber reden, ist eine alte Geschichte“, antwortete ich. „Aber mal was anderes: Wusstet ihr, dass das Schubidu in Schwierigkeiten steckt?“

Sie schüttelte mit dem Kopf. „Hab ich noch nicht gehört“, meinte Volz. „Wäre echt schade, wenn's den Laden nicht mehr gäbe, mir würde was fehlen.“ Ferdi, der sich inzwischen wieder zu uns gesetzt hatte, nickte bestätigend.

„Wir sollten irgendwas tun, meint ihr nicht?“, schlug ich vor. Sogar Werner, der von seinem Stammplatz aus unser Gespräch verfolgte, schien Zustimmung zu signalisieren.

„Am besten kommt ihr morgen Abend zum Plenum“, sagte er gut verständlich und offenbar stocknüchtern, die anderen, die den für Werners Verhältnisse eruptiven Redefluss vom Vorabend nicht mitbekommen hatten, sahen ihn erschrocken an.

„Werner, was ist los, bist du krank?“, entfuhr es Annette. „Seit wann redest du wieder?“

„Außergewöhnliche Umstände erfordern außergewöhnliche Maßnahmen“, brummte er, blickte dabei abweisend aus seinem behaarten Gesicht und verfiel wieder in Schweigen.

„Wenn er's sagt, versuchen wir es“, meinte Volz. „Aber was sollen wir da?“

„Gute Ideen einbringen? Nicht, dass jemand vorschlägt, den Laden zu schließen“, antwortete Ferdi.

„Klingt vernünftig, ich prophezeie, dass es trotzdem passieren wird, wenn ich mir überlege, wie viele Leute in der letzten Zeit hier gewesen sind.“

„Hör auf mit deinen Vorhersagen, Jeremias Volz, die gehen ja doch alle in die Hose. Du weißt genau, dass von den Kickersiegen, die du prophezeit hast, nicht einer eingetroffen ist“, fuhr ihn Annette an.

„Dann wird ja alles gut“, meinte Ferdi trocken. „Also, was machen wir?“

„Die Geschäftsführung abwählen?“

„Quatsch, Ali ist politisch der hellste Kopf und der einzige Fachmann, den wir haben.“

„Hans Rach, den Restauraunttester kommen lassen?“

„Noch größerer Unsinn. Der ist kein Restauraunttester, sondern ein Restaurantschwätzer. Außerdem ist das Schubidu kein Restaurant, es gibt nur Frikadellen und Kartoffelsalat.“

„Das Schubidu für Jugendliche interessant machen?“

„Niemals, pubertierende Irre muss man nicht auch noch in der Freizeit aushalten.“

Wir diskutierten den ganzen Abend, immer wieder unterbrochen von Kickerspielen in wechselnden Besetzungen, bei denen ich allerdings regelmäßig verlor. Am Ende gingen wir ohne zündende Idee nach Hause. „Ich finde, du solltest besser nicht dorthin gehen, die wollen dir bestimmt nur Geld aus der Tasche ziehen“, meinte Elsa, als ich ihr von Werners Vorschlag erzählte.

„Glaub ich nicht. Außerdem sehe ich mich als Beobachter, eine bessere Gelegenheit für Charakterstudien werde ich nie mehr bekommen.“

„Dein Wort in Gottes Gehörgang“, seufzte meine Frau nicht ganz zu Unrecht, denn in finanziellen Fragen hatte ich, höflich formuliert, schon manch unglückliche Entscheidung getroffen. Nur dank Elsas steuerndem Eingreifen waren wir bislang kein Fall für Peter Zwegat geworden. Mit Spannung sah ich dem kommenden Abend entgegen und versprach Elsa hoch und heilig auf keinen Fall irgendwelche finanziellen Verpflichtungen einzugehen.

Das Schubidu war gefüllt wie lange nicht mehr, ein gewisser Günter, den ich noch nie gesehen hatte, eröffnete das Plenum: „Liebe Genossinnen und Genossen, wir sind heute Abend zusammengekommen, um über die weitere Zukunft des …“

„Aufhören, Güni, aufhören, das ist unerträglich. Du bist doch die erste Ratte, die das sinkende Schiff verlässt, alle wissen, dass du deine Kohle bei uns rausziehen willst!“ Ein hagerer, vielleicht sechzigjähriger Rauschbartträger, rein äußerlich wie der ältere Bruder von Werner aussehend, sprang auf und riss sich mit Vehemenz seine runde Nickelbrille vom Gesicht. „Du bist einer der reaktionärsten Säcke, die hier rumlaufen, du stehst doch schon lange auf der Seite des Kapitals, das Wort Genosse verdienst du gar nicht mehr, du Bankmanager!“

Güni schien von dieser Attacke beeindruckt und ließ sich entnervt auf seinen Stuhl zurückfallen.

„Also, Genossinnen und Genossen, ich schlage vor, wir kommen zur Sache. Das Schubidu muss wieder nach vorne gebracht werden. Aber wie? Mein Vorschlag zur Überwindung der Krise lautet: Noch revolutionärere Strukturen schaffen“, meinte der Nickelbrillenträger.

„Und wie stellst du dir das vor, du alter Sesselfurzer?“, höhnte eine junge Frau mit rot gefärbtem Irokesenschnitt, löchrigen Netzstrümpfen, in der einen Hand eine Flasche Bier und über und über mit Piercings bedeckt. Der rotbraune Hund an ihrer Seite trug übrigens das gleiche Halsband wie sie.

„Was würde ich tun, wenn Dorle so herumliefe?“, fragte ich mich. „Sie vermutlich mit dem überzeugendsten Argument konfrontieren, das Vätern zur Verfügung steht: Solange du die Füße unter meinen Tisch stellst, …" Ein Reflex, eine Art instinktive Reaktion, ich könnte gar nicht anders, obwohl eigentlich nur Elsa diesen Satz aussprechen dürfte, denn mein Beitrag zum Familieneinkommen war schließlich mehr als bescheiden.

Der angesprochene Sesselfurzer beachtete den Einwand der jungen Punkerin nicht, stattdessen hob er zu einer langen Philippika wider den Kapitalismus im Allgemeinen und das Gaststättengewerbe im Besonderen an. „Ich fordere das sofortige Ende der Unterdrückung kleiner Kneipen durch die Macht der Brauereien, Schluss mit den Knebelverträgen. Die Produktionsmittel zur Bierherstellung müssen zurück in die Hände der Trinker!"

Applaus, Gejohle und Pfiffe waren die Antwort.

„Typisch Frank. Ich prophezeie, dass er das Plenum auf seine Seite bringen wird", sagte Volz.

„Du sollst doch nicht immer mit deinen dämlichen Weissagungen nerven!" Annette stieß ihn an, aber Volz hatte recht. Frank sah sich siegesgewiss um, Applaus brandete auf, das Plenum schien er durch seinen sinnfreien, wenn auch politisch korrekten Beitrag tatsächlich auf seine Seite gezogen zu haben.

Plötzlich wurde es still im Schubidu, der Lärm brach unvermittelt ab und verwandelte sich in erstauntes, ja beinahe ehrfürchtiges Schweigen. Alle Augen richteten sich auf Werner, der sich erhoben hatte und durch wiederholtes Räuspern signalisierte, etwas sagen zu wollen. Ich sah den meisten an, dass sie eine Sensation witterten, auch ich war überrascht, denn schließlich ist der Unterschied zwischen einem fast privat gesprochenen Satz und einem Redebeitrag in einem Plenum mit lauter überhitzten, zum Teil wirren Diskutanten so gewaltig wie der Größenunterschied zwischen einem Flusspferd und einem Zwergpinscher. „Liebe Genossinnen und Genossen", begann er mit kratziger Stimme, „ich habe lange nicht mehr zu euch gesprochen, der Ernst der Lage gebietet es nun, mein Schweigen zu brechen."

„Ich prophezeie einen richtigen Klopfer", meinte Volz.

„Halt die Schnauze, Jeremias!", zischte Annette. Werner räusperte sich erneut. Ali reichte ihm ein Glas Wein, aber Werner lehnte ab.

„Wasser bitte", krächzte er. Ein vielstimmiges Gemurmel begann, Werner und Wasser, eigentlich ein Synonym für Feuer und Wasser.

„Bisher habe ich noch keine vernünftigen Ideen zur Rettung des Schubidu gehört“, begann er wieder, „aber die brauchen wir. Außerdem geht es ja wohl um Geld, das kann ich liefern, aber nur unter bestimmten Bedingungen.“ Er machte eine kurze Pause, fuhr sich mit einer Hand durchs Haar und trank einen Schluck Wasser, das Ali ihm inzwischen gebracht hatte. Niemand sagte ein Wort, im Raum war die Anspannung mit Händen zu greifen. „Meine Bedingungen sind folgende: 1. Das von mir zur Verfügung gestellte Geld fließt zu hundert Prozent in die Modernisierung des Schubidu. 2. In Zukunft wird hier selbst gebrautes Bier hergestellt. 3. Ein Koch wird eingestellt, um vernünftige Mahlzeiten anbieten zu können. 4. Ali bleibt Geschäftsführer bis zum Rentenalter mit der Auflage, für die Einstellung von fachkundigen Service- und Managementkräften zu sorgen und 5. Hagen ist zuständig für die Öffentlichkeitsarbeit.“

Ich zuckte zusammen, auch auf den Gesichtern der Plenumsteilnehmer las ich ungläubiges Staunen, Werner schien zu bemerken, wie sehr er sie mit seinem Beitrag überrascht hatte, denn er begann sich wieder zu räuspern und wirkte nervös, eben wie jemand, der die Wirkung seiner Worte noch nicht genau einzuschätzen wusste. Nur Ali war unbeeindruckt.

„Ich soll also aus dem Schubidu eine normale Kneipe machen? Werner, was ist los mit dir? Erst brichst du mir nichts, dir nichts dein Schweigegelübde, trinkst dazu Wasser und gebärdest dich dann auch noch wie ein Scheißkapitalist?“

Er kniff die Augen zusammen und stand ihm mit verschränkten Armen gegenüber, mir schien der Zeitpunkt gekommen einzugreifen.

„Wenn jemand praktische Vorschläge macht, ist er doch nicht gleich ein Kapitalist!“, rief ich. „Schließlich ist es sein Geld, das er investieren möchte.“

„Seit wann verstehst du was vom Gaststättengewerbe?“, höhnte Ali. „Bleib lieber bei deinen Büchern.“

„Ey, Alter, was willst du überhaupt? Typen wie dich brauchen wir im Schubidu sowieso nicht!“, keifte die Punkerin und verzog dabei ihr metallgespicktes Gesicht zu einer Fratze, während gleichzeitig ein lauter Rülpser ihren verunstalteten Jungmädchenkörper verließ.

Gelächter breitete sich aus, aber in mir brodelte es, hier war ich Mensch und nicht Vater, endlich durfte ich der jungen Generation mal authentisch und völlig unpädagogisch meine Meinung sagen. „Wer, junges Fräulein, ist eigentlich *wir*?“, blaffte ich im Stakkatorhythmus. „Sie glauben doch nicht ernsthaft, auch nur *irgend*jemanden mit Ihrem unmöglichen Benehmen beeindrucken zu können, Sie wandelndes Eisenwarenlager!“ Mir schien die Brachialrhetorik aus dem Arsenal des seligen Herbert Wehner durchaus angemessen. Zwar würde die junge Frau ihn nicht kennen, aber ich war schon immer ein Fan des längst verstorbenen SPD-Zuchtmeisters aus den Siebzigern. Zu meinem großen Vergnügen hatte sie offenbar nicht mit meinem Gegenangriff gerechnet, sie zuckte zusammen, zeigte mir den Stinkefinger und verließ fluchend das Plenum.

„Gut gemacht“, flüsterte mir Volz ins Ohr, aber ich prophezeie, dass sie zurückkommt.“ Erschrocken sah ich ihn an.

„Du meinst nicht allein?“

Er zuckte mit den Schultern. Um uns herum wurde es unruhig, einige applaudierten, andere pfiffen mich aus oder schleuderten mir ein „Autoritärer Sack“ entgegen. Darauf war ich sogar ein bisschen stolz. Schließlich erhob sich Werner erneut und bat durch ein Handzeichen um Ruhe.

„Vielen Dank für deine Unterstützung Hagen. Die genannten Bedingungen müssen erfüllt werden, Ali, auch wenn es dir nicht gefällt, das Schubidu muss mit der Zeit gehen, es braucht mehr Gäste.“

Ali schüttelte den Kopf, schien jedoch trotzdem gewillt, weiter zuzuhören. „Die Summe reicht, um den ganzen Laden richtig auf Vordermann zu bringen, ohne dass sein typischer Charakter verloren geht. Darauf zu achten ist deine Aufgabe, Ali, und du Hagen, verkaufst den Laden nach außen und jetzt zu der Frage, was mit mir los ist. Eigentlich weiß ich es auch nicht, nur eins ist mir klar, ich muss mein Leben ändern und für eine Weile verschwinden.“ Viele schüttelten ungläubig den Kopf, ich spürte Gänsehaut auf dem Rücken.

„Genossinnen und Genossen, ich habe viele Jahre schweigend hier vorne an der Ecke gesessen, niemand hat sich darüber gewundert. Ali versorgte mich regelmäßig mit Wein und ihr habt mich genommen, wie ich bin und keine Fragen gestellt. Manche wissen, dass ich Chirurg war, aber es war euch egal und dafür danke ich euch. Mir hat einfach der ständige Druck gereicht, deshalb habe ich den Job in der Klinik geschmissen. Meine Familie hat mich verlassen, mit jemandem wie mir wollte sie nicht mehr zusammenleben, für sie war ich ein Versager, obwohl ich bis dahin Geld ohne Ende gescheffelt hatte. Ich zahlte sie aus und seitdem ist das Schubidu mein Zuhause und ihr seid meine neue Familie. Na ja, dann hab ich vor einiger Zeit im Theater eine andere Frau kennengelernt, sie kommt aus der Mongolei und ist die Tochter eines Clanchefs. Er hat sie auf Europareise geschickt, um unsere Kultur zu studieren, und nun werde ich sie in ihre Heimat begleiten, um mit ihr zu leben. Aber sollte ich eines Tages zurückkommen, möchte ich, dass das Schubidu noch existiert, also muss sich hier was ändern."

Werner ließ sich erschöpft auf seinen Stuhl fallen und trank mit zitternder Hand einen Schluck Wasser, man hätte eine Stecknadel fallen hören können, so still war es geworden. Ich hatte den Eindruck, es dauerte Minuten, bis alle verstanden hatten, was geschehen war, danach erhob sich ein ohrenbetäubender Jubel, viele hatten Tränen in den Augen, Werner wurde umarmt, geküsst, sie schlugen ihm auf die Schulter, ich selbst blieb wie gelähmt auf meinem Platz sitzen. Nun hatte ich also einen Auftrag, konnte ich den überhaupt annehmen? Hätte ich dann noch Zeit zum Schreiben? Plötzlich stand Ali neben mir. „Na, was ist? Machen wir den Job, oder musst du erst mit Elsa reden?"

Er wusste, wie er mich überzeugen konnte, außerdem ging es hier ja nicht um Geld. „Quatsch", antwortete ich und gab ihm die Hand. Das Plenum verwandelte sich nach und nach in eine rauschende Party, der Wein floss in Strömen, nur Werner hatte sich irgendwann leise und heimlich aus dem Staub gemacht. Als ich mit Volz und Annette an der Theke stand, tranken wir zum was weiß ich wievielten Mal auf eine goldene Zukunft des Schubidu.

„Ich prophezeie, von jetzt an …"

„Jeremias Volz, ich prophezeie dir Ärger, wenn du den Satz beendest!", fiel ihm Annette ins Wort.

„Die Punkerin ist auch nicht zurückgekommen", dachte ich beruhigt und empfand auf einmal großes Vertrauen zu Volz.

Der Morgen graute, als ich nach Hause kam. Den Tag, den ich erst am späten Nachmittag begann, konnte ich nur mit Unmengen Alker Selzer ertragen, denn mein Kopf reagierte höchst sensibel auf laute Geräusche. Aber gleichzeitig fühlte ich mich eigenartig beschwingt. Endlich hatte ich eine Aufgabe, alles würde gut.

Erziehungsberatung

Über die Gestaltung des familiären Zusammenlebens haben meine Frau, meine Töchter und ich sehr unterschiedliche Ansichten. Manchmal kommt es deshalb zu Konflikten. Um wenigstens der Klügere zu sein, gebe ich auch schon mal nach, aber in letzter Zeit habe ich den Eindruck, dass meine Töchter Nachgiebigkeit nicht honorieren. Im Gegenteil, gerade dann lassen sie es mir gegenüber an Respekt vermissen. Als ich mich deshalb bei Elsa beklagte, schlug sie mir vor, mir den Respekt doch zu verdienen.

Noch am gleichen Abend hatte ich Gelegenheit, ihren Vorschlag in die Tat umzusetzen. Greta hatte gefordert, sie zu einer Freundin zu bringen. Das Wort *gefordert* benutze ich bewusst, denn es handelte sich nicht um eine Bitte oder freundliche Frage, sondern um eine, wie ich fand, unverschämte Aufforderung, endlich meiner väterlichen Pflicht als Taxifahrer nachzukommen. Jedenfalls hatte ich meine Tochter so verstanden, auch wenn sie es vielleicht nicht wörtlich gesagt hatte. Ich schnellte also von der Couch hoch und verlangte verbale Mäßigung. Es sei unerhört, sich seinem Vater gegenüber eines solchen Tones zu bedienen, fügte ich streng hinzu.

Elsa unterstützte mich jedoch nicht, sondern signalisierte mir, ruhig zu bleiben, eine Intervention, die mich erst recht in Rage brachte, sodass ich Greta schließlich anbrüllte, aber eigentlich Elsa meinte.

Noch während ich brüllte, war mir klar, dass ich mal wieder zu weit gegangen war, deshalb griff ich nach einer kleinen Kunstpause zum Autoschlüssel und fuhr als Wiedergutmachung unsere Tochter zu ihrer Freundin. In der Nacht schlief ich sehr unruhig und wachte gegen vier Uhr morgens schweißgebadet auf, meine Neigung zu Albträumen quälte mich noch immer.

„Geh einfach mal zu einem Therapeuten“, schlug mir Elsa vor, die mich geweckt hatte, weil ich offenbar laut vor mich hingebrabbelt hatte. „Ich konnte nicht viel verstehen, aber es ging irgendwie um Erziehung“, sagte sie, „ich glaube, du warst ziemlich wütend.“

„Ich erinnere mich an nichts“, murmelte ich und lag den Rest der Nacht wach im Bett. Zwei Wochen später saß ich im Wartezimmer von Dr. Müller, einem Psychoanalytiker, den mir Peter, mein Psychologenfreund, empfohlen hatte. Als mein Blick an der Wand entlang glitt, blieb ich an dem Porträt eines Mannes mit Fellmütze und pelzkragenbesetztem Mantel hängen, der dem Betrachter leicht versonnen, aber ernst entgegenblickte, darunter befand sich ein Zitat: „Es ist mehr wert, jederzeit die Achtung der Menschen zu haben, als gelegentlich ihre Bewunderung.“

Jean-Jacques Rousseau.

Jetzt wusste ich, wovon ich geträumt hatte. Rousseau, und nicht nur er, hatte mir wegen der Erziehung meiner Töchter ins Gewissen geredet.

„Es freut mich, Sie zu sehen, Herr Hagemann“, begrüßte mich Dr. Müller, nachdem seine Mitarbeiterin mich in das Behandlungszimmer geführt hatte. Er saß hinter seinem Schreibtisch, ein vornehmer Mann im dunklen Anzug, mit markanter Nase und grau meliertem Vollbart. In einem seltsamen Kontrast zu seiner vornehmen Erscheinung, die durch eine goldene Uhrkette an seiner Anzugjacke noch betont wurde, standen seine abstehenden Ohren, die ihm eine leicht außerirdische Note verliehen. Er stand auf und wies auf eine Couch, auf der ich mich ausstrecken sollte. Trotz meiner Nervosität versuchte ich, es mir so bequem wie möglich zu machen.

„Was bedrückt uns denn?“, wollte er wissen, während er sich außerhalb meines Gesichtsfeldes in einem großen Ohrensessel niederließ.

„Ich träume schwer, Herr Doktor,“ antwortete ich, leicht irritiert, weil ich ihn nicht sehen konnte. „Letzte Nacht träumte ich davon, in der Erziehung meiner Töchter alles falsch zu machen, daraufhin haben mich Rousseau und Bernhard Bueb überfallen und ins Kreuzverhör genommen.“

„Bernhard Bueb?“, fragte Dr. Müller verwundert.

„Ja, der ehemalige Leiter des Internats Salem, er hat das Buch *Vom Lob der Disziplin* geschrieben.

„Ach ja, natürlich, dann erzählen Sie mal, wo haben sie Sie überfallen?“

„In unserer Wohnung, meine Frau und meine Töchter waren verreist und die beiden hatten sich heimlich Zutritt verschafft. Ich saß gerade am Schreibtisch, als Rousseau mich überwältigte und an meinen Stuhl fesselte."

„Sind Sie sicher, dass es Rousseau und Bueb waren?"

„Absolut sicher, sie stellten sich mir vor."

„Also gut. Und wie lief das Kreuzverhör ab?"

Dr. Müller schien sich zurückzulehnen, ich hörte, wie der Sessel knarrte.

„Wollen Sie wirklich, dass ich Ihnen davon erzähle?", vergewisserte ich mich noch einmal.

„Ja, Träume sind doch mein Spezialgebiet. Schießen Sie los, Herr Hagemann." Ich holte tief Luft und merkte, wie der gesamte Traum sich nach und nach meinem Bewusstsein wieder erschloss.

„Also gut, Jean-Jacques Rousseau war der Erste, der zu mir sprach", begann ich und erzählte ihm meinen Traum vom Anfang bis zum Ende:

„Monsieur Hagemann, die Mädchenerziehung ist für Väter eine große Herausforderung, vor allem wird von ihnen ein hohes Maß an sittlicher Reife verlangt. Dahin gehend habe ich bei Euch jedoch gewisse Zweifel, immerhin seid Ihr regelmäßiger Besucher eines fragwürdigen Etablissements und sprecht dort dem Alkohol zu. Was habt Ihr zu Eurer Verteidigung zu sagen?"

„Ich bin Ihnen überhaupt keine Rechenschaft schuldig", hielt ich dagegen, schrie aber sofort auf, weil er meine Fesseln fester zog.

„Ihr werdet schon reden, davon bin ich überzeugt", drohte er.

„Monsieur Rousseau, nicht so hart. In Salem sind wir auch nicht sofort aufs Ganze gegangen." Bernhard Bueb hob warnend die Hand, er hatte sich auf meinem Lesesessel niedergelassen und sah mich mit bedauerndem Ausdruck an.

„Ich weiß nicht, wie lange ich Monsieur Rousseau noch zurückhalten kann, Herr Hagemann, er ist wirklich sehr impulsiv. Ich rate Ihnen, auf seine Fragen zu antworten."

„Also, was ist nun? Ich warte", insistierte Rousseau.

„Es handelt sich um meine Stammkneipe", antwortete ich, um weitere Schmerzen zu vermeiden. „Ich trinke kaum Alkohol, es ist eher eine Art Treffpunkt mit Freunden. Außerdem habe ich eine Aufgabe, ich soll darüber schreiben."

„Und Eure Töchter? Ist Euch nicht bewusst, wie sehr sie Euch als Lehrer brauchen? Eure Schulanstalten sind den Besuch nicht wert, Kinder werden besser von einem vernünftigen, wenn auch ungelehrten Vater erzogen, als vom geschicktesten Lehrer der Welt."

„Wie kommen Sie darauf? Bei uns herrscht schließlich Schulpflicht", stöhnte ich, obwohl ich ihm eigentlich beipflichtete.

„Der Eifer kann eher das Talent ersetzen, als das Talent den Eifer." Rousseau verschränkte die Arme vor der Brust. „Überhaupt, was heißt schon Schulpflicht. Eure Aufgabe muss es sein, Eure Kinder so lange wie möglich dem unmoralischen Einfluss der Gesellschaft und seiner sogenannten Schulanstalten vorzuenthalten, aber Ihr habt ja nur die Geschäfte und den Beruf im Kopf." Er schüttelte missbilligend den Kopf. „So könnt Ihr nicht weitermachen."

„Das stimmt nicht! Ich nehme meine Vaterpflichten überaus ernst, erziehen *Sie* doch mal drei Töchter. Wie kommen Sie überhaupt dazu, mir Vorwürfe zu machen? Ihre Vaterschaft stellt schließlich auch kein Ruhmesblatt dar", ging ich zum Gegenangriff über. „Wie kann man nur alle seine Kinder in ein Findelheim geben? Fünf Kindern haben Sie Ihre Zuwendung versagt, einfach nur aus Bequemlichkeit."

Ich sah ihm ins Gesicht, spürte aber im gleichen Augenblick einen Schmerz an der Hand, weil Rousseau wieder an der Fessel zog.

„Au, lassen Sie das! Sie können die Wahrheit wohl nicht ertragen!"

„Monsieur Rousseau, Sie gehen wirklich zu weit. Ich dachte, Sie hätten aus Ihren Fehlern gelernt?" Bueb mischte sich ein und legte ihm beruhigend eine Hand auf die Schulter. „Sie kennen doch mein Credo in der Kindererziehung, Freiheit erwirbt man nur durch Disziplin. Daran sollten auch Sie sich halten."

Rousseau lockerte meine Fesseln wieder und sah aus dem Fenster. „In meiner Zeit haben viele ihre Kinder weggegeben, außerdem ist das meine Privatangelegenheit."

„Ach, das ist also Ihre Privatangelegenheit. Aber in meine Erziehung wollen Sie sich einmischen? Diesen Widerspruch müssten Sie als großer Denker doch bemerken?"

Er sog hörbar die Luft durch die Nase. „Das Denken und Aufschreiben von Gedachtem habe ich nach dem *Emile* sowieso aufgegeben. Eines sage ich Euch", dabei wandte er sich wieder mir zu, „ich mache Ihnen nicht nur Euer Versagen als Vater zum Vorwurf, sondern auch die Unterwürfigkeit gegenüber Eurer Frau. Ihr macht Euch doch zu ihrem Büttel." Fragend sah ich Bueb an, der nur mit den Schultern zuckte.

„Das ist sein Lebenstrauma", meinte er, „davon wird er wohl nie loskommen. Wissen Sie nicht, dass er mit Frauen immer Probleme hatte?"

„Unsinn, Monsieur Bueb, ich hatte keine Probleme, was erzählt Ihr da? Ich habe nur eine klare Vorstellung davon, wie Frauen sein sollen, nämlich sanftmütig, die Sanftmut brauchen sie ihr ganzes Leben lang. Der Öffentlichkeit aber sollten sie sich fernhalten, die tut ihnen nicht gut."

Ich sah ihn abschätzig an.

„Sie vertreten wirklich ein unmögliches Frauenbild, das kann man heute niemandem mehr vermitteln."

„Meint Ihr? Nun, dann will ich Euch etwas gestehen, worüber ich noch mit niemandem gesprochen habe. Ich bin sogar der Ansicht, wir Männer müssen die Allmacht der Frauen brechen. Das ist auch der wahre Grund, weshalb ich meine Kinder in ein Heim gegeben habe, sie sollten den Staat als starke Mutter erleben und nicht meine Frau, aber das ist mir erst nach der Niederschrift der *Bekenntnisse* richtig klar geworden."

„Ich bin erschüttert", antwortete ich grinsend, „machen Sie nur weiter so, Sie reden sich um Kopf und Kragen."

„Das sage ich ihm auch immer", schaltete sich Bueb wieder ein, „bei uns in Salem ..."

„Merde, jetzt lasst mich doch endlich mit Eurem Salem in Ruhe, da wurden die Kinder doch auch einfach abgegeben. Wo ist der Unterschied?"

„Ganz einfach, Monsieur Rousseau, die Eltern haben sich nicht völlig aus der Verantwortung herausgezogen, Sie haben sich weiter gekümmert. Zudem ist Salem ein privates Internat, kein staatliches."

„Ach was", winkte Rousseau ab, „Ihr habt doch auch im Auftrag des Staates gehandelt."

„Nein, nein", widersprach Bueb, „wir handelten nur im Auftrag der Eltern. Sie sind es, die die Macht haben, die sie aber genauso wenig missbrauchen dürfen wie wir Lehrer."

„So?", schaltete ich mich jetzt ein. „Und was ist das, was Sie gerade mit mir tun? Sie haben mich überfallen und gefesselt. Ist das kein Machtmissbrauch?"

„Das ist etwas ganz anderes", widersprachen mir beide wie aus einem Mund, „schließlich sind Sie kein Kind oder Jugendlicher mehr." Ich ärgerte mich, nun waren Sie sich wieder einig, vielleicht hätte ich besser nichts gesagt.

„Warum ist das denn etwas ganz anderes?", entgegnete ich.

„Nun, ganz einfach", antwortete Bueb, „Sie sind schließlich nicht mehr in der Pubertät, wir wollen Ihnen möglichst wirklichkeitsnah eine Lektion erteilen. Dazu gehört auch, Ihnen klare Grenzen aufzuzeigen, da können wir auf den Unterschied zwischen Macht und Autorität keine Rücksicht nehmen. Wir haben Sie im Übrigen vorher schon eine Weile beobachten lassen, Ihre Töchter tanzen Ihnen doch auf der Nase herum."

Ich wurde wütend und ruckelte an meinem Stuhl.

„Diesen Eindruck haben Sie aber exklusiv, Sie Oberlehrer. Das ist schlicht und einfach Freiheitsberaubung, was Sie mit mir machen, ich werde die Polizei einschalten."

„Nur zu, nur zu", grinste Rousseau, „im Umgang mit der Polizei habe ich Erfahrung." Er zog wieder an meinen Handfesseln.

„Ich habe Sie ja gewarnt, Monsieur Rousseau ist durchaus in der Lage eine rauere Gangart vorzulegen, also hören Sie besser zu. Ich glaube, Sie stellen sich zu wenig Ihrer Verantwortung als Vater und setzen zu sehr auf die Selbstbestimmung der Jugendlichen, Sie Romantiker. Fordern Sie Gehorsam. Jugendliche sehnen sich nach Autorität, nur so vermitteln wir Erwachsenen Halt und Orientierung, verleugnen Sie nicht die Bedeutung der Disziplin, sie wirkt heilend. Die narzisstisch geprägte Anspruchshaltung vieler Kinder und Jugendlicher ist doch eines der größten Ärgernisse der letzten Jahrzehnte. Ich sage Ihnen, kämpfen Sie gegen die mangelnde Anstrengungsbereitschaft der Jugendlichen, Schluss mit der unstillbaren Konsumgier, treiben Sie Ihren Töchtern die Spaßhaltung und das Selbstmitleid aus dem Leib ...!"

Er redete sich immer mehr in Rage, schon längst war er aus dem Sessel gesprungen, wild gestikulierend und mit sich überschlagender Stimme, in seinen Mundwinkeln zeigten sich kleine Speichelbläschen. Mich schauderte, unwillkürlich fiel mein Blick auf seine Füße, er erinnerte mich irgendwie an den unseligen Dr. Goebbels. Aber zu meiner Erleichterung stellte ich fest, dass er normales Schuhwerk trug, er konnte es also nicht sein. Sogar Rousseau schien von Buebs Ausbruch überrascht, schob seine Bärenfellmütze nach hinten und kratzte sich nachdenklich am Kopf.

„Müsst Ihr immer so übertreiben, Monsieur? Wir sind doch hier nicht auf dem Marktplatz."

Bernhard Bueb hielt sich erschrocken die Hand vor den Mund.

„Bitte entschuldigen Sie, ich weiß auch nicht, was in mich gefahren ist. Sie haben recht, Monsieur Rousseau, wir sollten unseren Klienten nicht so erschrecken."

„Wie kommen Sie darauf, dass ich Ihr Klient bin?", fragte ich. „Ich bin weder psychisch krank, noch habe ich um Ihren Rat gebeten."

„Das stimmt", antwortete Bueb, „aber Sie wissen so gut wie ich, dass ein Zwangskontext gelegentlich hilfreich sein kann. Monsieur Rousseau und ich sind der Ansicht, Sie zu Ihrem Glück zwingen zu müssen."

„Lassen Sie mich doch in Ruhe", schnaubte ich.

„Dazu, mein lieber Monsieur Hagemann, ist es nun zu spät. Eure Zwangslage, die Ihr Euch im Übrigen selbst zuzuschreiben habt, ist letztlich nichts anderes als ein Beitrag zu Eurer Freiheit, denn Monsieur Bueb und ich setzen hier nicht mehr und nicht weniger als den Willen des Souveräns um. Es ist allgemeiner Wille, Euch auf den Pfad der Tugend zurückzubringen."

„Ach", spottete ich, „nun erklärt Ihr Euch also schon selbst zum Souverän. In Ihrem *Contrat Social* klingt das aber noch ganz anders."

„Unsinn!", widersprach mir Rousseau energisch. „Jetzt wollen wir mal zum Thema zurückkehren, schließlich geht es um die Erziehung Eurer Töchter. Ich sage Euch in aller Deutlichkeit, in der Mädchenerziehung geht es um Scham und nicht um Erziehung zur Vernunft. Legt ihnen Sanftmut statt Kampf als erstrebenswertes Verhalten nahe, verdeutlicht ihnen den Wert des Wirkens im Verborgenen statt in der Öffentlichkeit. Nur dann wird die Entwicklung Eurer Töchter ein gutes Ende nehmen. Ihr bildet leider männliche Eigenschaften in ihnen aus, damit wirkt Ihr zu ihrem Schaden, Ihr straft die Natur Lügen."

„Jetzt fangen Sie schon wieder damit an. Sie glauben doch nicht im Ernst, dass meine Töchter sich zu blonden Dummchen erziehen lassen. Wenn ich Sie reden höre, verstehe ich immer weniger, warum Wissenschaftler sich heute immer noch ernsthaft mit Ihnen beschäftigen. Sie haben von moderner Mädchenerziehung doch überhaupt keine Ahnung!", schrie ich.

„Ihr missversteht mich, so habe ich es gar nicht gemeint, denn Frauen haben schließlich einen angenehmen und feinen Geist, sie sollen lernen, ja, jedoch nur das, was sich für sie schickt."

„Und was soll das sein?" Genervt sah ich an die Zimmerdecke.

„Nun, sie müssen umsichtig und fleißig sein, sie sollen lernen mit der Nadel umzugehen, aber es geht zuvörderst nicht darum, ihnen gegen ihren Willen Lesen und Schreiben beizubringen. Schließlich gibt es Genügende, die diese verderbliche Kunst missbrauchen, anstatt sie zu nutzen."

Dazu hob er warnend den Zeigefinger. Ich erschrak, denn nun fiel mir ein, dass Dorle, die seit einigen Monaten an der Schülerzeitung mitwirkte, neulich einen höchst bemerkenswerten Artikel über die methodischen und didaktischen Fähigkeiten ihres Mathematiklehrers verfasst hatte. Elsa und ich mussten daraufhin zu einem sogenannten Beratungsgespräch bei der Schulleiterin.

Dorle hatte ihren Lehrer, von der Natur mit einer Löckchenfrisur nach Art des Proll-Komikers Atze Schröder gesegnet, als *neurotischen Zwergpudel* bezeichnet, dessen pädagogische Fähigkeiten umgekehrt proportional zu seinem ins Wahnsinnige gesteigerten Ordnungssinn stünden. Seine Neigung, die Mappenfarbe, die Randbreite bei Klassenarbeiten, die Stiftfarbe und viele Dinge mehr den Schülern genau vorzuschreiben, sei nichts weiter als krankhafter Ausdruck unerfüllter Machtfantasien eines gescheiterten Mathematikers.

Im Stillen gab ich meiner Tochter recht, aber schon Elsa hatte mich vor dem Gespräch mit der Schulleiterin des Gymnasiums gewarnt, Dorle auf keinen Fall zu verteidigen, allerdings schlug ich ihre Warnung in den Wind.

„Es reicht, Monsieur Rousseau", schaltete sich Bernhard Bueb plötzlich ein, „Herrn Hagemann ist in seiner Kritik Ihrer Vorstellung von Mädchenerziehung durchaus beizupflichten. Aber eines geht natürlich nicht, Herr Hagemann", jetzt sah er mich scharf an, erhob sich wieder aus dem Sessel und baute sich drohend vor mir auf, „Ihre Tochter nach einem solchen Schmähartikel auch noch zu verteidigen."

Ich zuckte zusammen. „Woher wissen Sie das?", stammelte ich, „wir haben niemandem von dem Gespräch mit der Schulleiterin erzählt."

„Ich habe meine Quellen", antwortete er kalt, „Lehrer haben das Recht, geachtet zu werden. Ob sie nun eine besonders eindrucksvolle Persönlichkeit sind oder nicht, sie müssen würdig durch die Schule gehen können. Das muss sich auch ihre Tochter merken, gerade an der Achtung junger Menschen gegenüber Eltern und Lehrern fehlt es in diesem Lande. Sie, Herr Hagemann, haben daran ein gehöriges Maß an Mitverantwortung. Oder haben Sie Ihre Tochter anschließend zur Rechenschaft gezogen? Antworten Sie mir, sofort!"

Ich ließ meinen Kopf sinken, ahnend, dass nun mein letztes Stündlein geschlagen hatte. Tatsächlich hatte ich nichts unternommen, im Gegenteil, ich hatte Dorles Artikel sogar aus der Schülerzeitung ausgeschnitten, laminiert und in meinem Arbeitszimmer aufgehängt.

Er befand sich direkt hinter Bueb, der immer noch drohend vor mir stand und mir seinen strengen Pädagogenatem ins Gesicht blies.

„Bitte", stammelte ich jetzt, „bitte, ich muss zu meinen Töchtern …"

Plötzlich legte Rousseau seine Hände um meinen Hals, ich schrie auf, röchelte, hustete …

„Herr Hagemann, was ist los, haben Sie sich verschluckt?"

Als der Anfall vorüber war, öffnete ich meine Augen und sah in das besorgte Gesicht von Dr. … nein, nicht Müller, der Mann sah aus wie Sigmund Freud. Er rauchte eine Zigarre und pustete mir ungeniert den Rauch entgegen, entsetzt sprang ich von der Liege und floh aus der Praxis. Draußen schnappte ich gierig nach frischer Luft und lehnte mich erschöpft an eine Hauswand. Nie mehr, schwor ich mir, nie mehr würde ich mich in die Hände eines Psychoanalytikers begeben, selbst dann nicht, wenn meine Albträume schlimmer werden sollten.

MENS SANA IN CORPORE SANO

„Du müsstest mal wieder mehr Sport treiben“, meinte Elsa neulich mit einem abschätzigen Blick, als ich gerade die Dusche verließ und sie um ein Handtuch bat. Im Vertrauen auf eine grundsätzliche Akzeptanz meiner Leiblichkeit hatte ich meinem Körper völlige Entspannung gegönnt und für einen Augenblick nicht auf *Bella Figura* geachtet. In bestimmten Situationen den Bauch einzuziehen ist übrigens eine sehr anstrengende Übung, setzt sie doch eine schnelle Reaktionsfähigkeit voraus. Schließlich muss ich als Mittvierziger und bekennender Genussmensch immer auf der Hut sein, um im Notfall meine Leibesverformungen schnell verbergen zu können. Auch Töchter sehen Väter mit Bauch nicht gerne, deshalb hatte ich mir eine Legende zugelegt, um mich ihnen nicht in Badehose präsentieren zu müssen: Ich behauptete einfach, unter einer Sonnen- und Chlorallergie zu leiden.

Nun hatte ich mich, darauf bauend in meiner langjährigen Beziehung zu Elsa zählten andere Werte, für einen Moment gehen lassen und musste zu meiner Erschütterung feststellen, dass auch sie mehr auf Äußerlichkeiten bedacht war, als ich vermutet hatte.

Ich hielt also die Luft an, zog meinen Bauch wieder ein, sah in den Spiegel und … musste ihr zu meinem Bedauern zustimmen. Die typischen Erscheinungen eines jahrelangen guten und üppigen Lebens waren nicht zu übersehen. Sich selbst etwas einzugestehen ist das eine, es auszusprechen allerdings das andere. „Ich habe keinen Bauch“, stellte ich apodiktisch fest, „ich sehe einen tadellosen Körper.“

„Nun sei mal ehrlich“, lächelte Elsa, „du willst doch nicht ernsthaft behaupten, immer noch so auszusehen wie vor zwanzig Jahren.“ Dabei strich sie über meinen *Corpus delicti*, den ich inzwischen mit einem Badetuch bedeckt hatte.

„Natürlich nicht, ich stehe zu meinen Falten im Gesicht, auch zu meinen grauen Haaren, aber ich habe doch keine Wampe?“

„Kürzlich hat übrigens ein neues Fitnessstudio aufgemacht“, antwortete Elsa, ohne auf meine Frage einzugehen, „da könntest du was gegen deine Rückenschmerzen tun. Einige meiner Kollegen gehen auch hin, sie sagen, es sei preiswert und gut."

Ich wusste genau, dass sie mir mit dem Hinweis auf meinen Rücken eine Brücke bauen wollte. Sollte ich sie betreten oder lieber eine völlig überflüssige Grundsatzdiskussion über Respekt unter Ehepartnern beginnen? Ich entschied mich für die Brücke. Blitzartig stellte sich bei mir die Vorstellung eines Heldenkörpers ein, den ich im Fitnessstudio sicher nebenbei und ohne große Mühe erwerben konnte. Diese einmalige Gelegenheit Selbst- und Fremdbild wieder in Übereinstimmung zu bringen, wollte ich nicht ungenutzt verstreichen lassen.

„Wo ist denn dieses Studio?", erkundigte ich mich später so unauffällig wie möglich. Mit leichtem Anflug eines Siegerlächelns nannte mir Elsa die Anschrift. Am nächsten Abend gab ich vor, ins Schubidu zu gehen, packte heimlich mein Sportzeug und machte mich auf den Weg zu diesem Studio.

„Guten Abend, mein Name ist Hagemann, ich würde mich gerne an Ihren Geräten verlustieren", begrüßte ich eine engelsgleich aussehende junge Frau hinter der Empfangstheke. Sie verzog keine Miene. Für Scherze dieser Art schien man hier wenig empfänglich, stattdessen musterte sie mich von oben bis unten. Unwillkürlich stellte sich meine bekannte Abwehrreaktion ein, ich hielt die Luft an und veranlasste meinen Begleiter in allen Lebenslagen, sich für einen Augenblick zurückzuziehen.

„Sind Sie schon mal bei uns gewesen?", fragte sie endlich, sodass ich schon fürchtete, noch an der Pforte zum Reich körperlicher Makellosigkeit eines schmählichen Erstickungstodes sterben zu müssen. Ich schüttelte energisch den Kopf, froh, endlich wieder atmen zu können, denn nun beschäftigte sich die junge Pförtnerin nicht mehr mit meinem Körper, sondern wandte sich der Aufnahmeprozedur zu. In Windeseile tippte sie mit wunderbar gepflegten Fingern meine Personaldaten in den PC.

„So, das wär's dann, gleich wird Micha sich um sie kümmern. Gehen Sie doch in den Aufwärmraum, da können Sie sich schon mal bewegen."

„Aha", dachte ich, „hier wird Wert auf Selbstständigkeit gelegt, Rundumbetreuung scheint nicht zu den Stärken dieses Etablissements zu gehören." Der sogenannte Aufwärmraum war mit Geräten vollgestopft, deren einziger Zweck darin bestand, ihren Nutzern ein hohes Maß körperlicher Anstrengung abzuverlangen. Auf Laufbändern und sogenannten Steppern vollführten Menschen die eigenartigsten Bewegungen und verbreiteten in dem relativ kleinen Raum einen Odem wie in einem Pumakäfig.

Leider war noch ein Gerät frei, ein Trimmrad, das hinten in der Ecke stand und einen Blick auf zwei Fernseher bot, deren Programm mich nur wenig ansprach. Auf dem einen strahlte der Pubertätssender Viva alberne Musikvideoclips aus und auf dem anderen übertrug Eurosport ein Billardturnier.

„Du lieber Himmel", dachte ich und fuhr los. „Was man im Fernsehen heute alles senden darf." Eigentlich ist der Begriff Fahren unangebracht, denn ich bewegte mich schließlich keinen Meter vom Fleck. Diese bedauerliche Feststellung galt in diesem Spezialraum jedoch für alle, ob sie nun steppten, auf dem Laufband liefen oder eben fuhren: Niemand gelangte von A nach B.

Nur die elektronischen Entfernungsanzeiger vermittelten die Illusion, eine Wegstrecke zurückgelegt und auch noch Kalorien verbraucht zu haben. „Warum vergeuden Menschen so unnütz ihre Kräfte", dachte ich, während ich zurückhaltend und langsam in die Pedalen trat. Anstrengung zu vermeiden schien mir nicht nur aus ideologischen, sondern auch pragmatischen Gründen sinnvoll, denn ich wollte den übel kontaminierten Raum durch eigene Körperausdünstungen nicht noch stärker verseuchen. Um mich abzulenken, verfolgte ich nun doch das Programm auf den beiden Fernsehern und ergötzte mich abwechselnd an einem wie wild auf dem Bildschirm zuckenden Sänger, der mit kindlicher Stimme ein albernes, englisches Liedchen trällerte und einem kerzengerade zu Pferd sitzenden Reiter, der seinen Zossen über mannshohe Hindernisse trieb. Die Übertragung des Billardturniers war bereits zu Ende.

„Und du bist der Hagen?", wurde ich plötzlich von einer tiefen Stimme aus meiner TV- und Bewegungsmeditation gerissen. Vor mir stand ein junger Mann mit breiten Schultern, ein wandelndes Kraftpaket, das mich aufgrund seiner Körpergröße an Gregor Gysi erinnerte. Im Gegensatz zu mir trug er eine tadellos sitzende Trainingshose und hatte seinen Oberkörper in ein elegantes, weinrotes Poloshirt gezwängt. Eine lustige Gestalt, mehr breit als hoch und durch seinen Anstecker als Mitarbeiter des Fitnesscenters zu erkennen. Er gab mir die Hand und stellte sich vor. Es war der bereits angekündigte Micha. Seine Frisur nötigte mir Respekt ab, er trug sein siegfriedblondes Haar so sehr gegelt, dass es sich wie ein Helm um seinen Kopf legte und vermutlich jeder körperlichen Anstrengung durch tadellosen Sitz gewachsen blieb.

„Du wärmst dich also schon auf“, grinste er jovial und schlug mir auf die Schulter, „aber besonders fleißig warst du ja noch nicht, da muss demnächst schon etwas mehr kommen.“

Ich war versucht, der unter Sportskameraden offenbar üblichen Kumpelhaftigkeit ein distinguiertes „Wie Sie meinen, Herr Micha“ entgegenzusetzen, schenkte dem kleinen Kraftpaket aber dann mein liebenswürdigstes Lächeln und beschloss im Stillen, ihn einfach Gregor zu nennen.

„Was hast du denn für Beschwerden?“, wollte er von mir wissen.

„Mein Rücken“, antwortete ich, „das ewige Sitzen am Schreibtisch. Wenn ich morgens aufstehe, fühle ich mich wie ein Achtzigjähriger.“

Dabei machte ich ein Gesicht, als durchlitte ich ein wahres Martyrium. Gregor alias Herr Micha alias Micha ließ sich jedoch in keiner Weise beeindrucken, seine Empathiefähigkeit gegenüber Patienten hielt sich in überschaubaren Grenzen.

„Ja, schon klar, das Leiden alter Männer, vierter und fünfter Lendenwirbel, oder?“, grinste er und rieb mit seiner Hand über meine Schmerzensstelle. „Dann komm mal mit, da haben wir was für dich!“

Wir verließen den Aufwärmbereich und betraten den Folterkeller, einen Raum mit Maschinen, an denen unschuldige Menschen beiderlei Geschlechts angekettet schienen und unter Bewachung junger Folterknechte, größer als Gregor, ihm ansonsten jedoch erstaunlich ähnlich, stöhnend und schwitzend Gewichte hoben, an Seilen zogen oder Stahlarme zusammenpressten. Erst jetzt ahnte ich, was mir bevorstand, verzweifelt zermarterte ich mein Gehirn, wie ich meinem Zerberus entkommen könnte. Aber es war bereits zu spät, die Marter würde nun auch für mich beginnen, Gregor ließ mich nicht mehr aus den Augen.

„Zuerst geht es darum, deine Beweglichkeit zu erhöhen, Mobilisierung deiner Muskulatur ist das A und O“, lächelte er und forderte mich auf, mir eine armdicke, bestimmt zwei Meter lange Bambusstange auf die Schultern zu legen, an deren Enden sich in Leder gebundene Gewichte befanden. Ich setzte mich also auf einen Stuhl mit Keilkissen für Lumbalgieleidende, legte meine Arme über die Stange und schwenkte sie hin und her.

„Genau, Hagen, so ist es richtig, ausgezeichnet!“, jubilierte Gregor und rieb sich die Hände, während ich wie ein Gekreuzigter an der Bambusstange hing und ernsthaft in Erwägung zog, mich im kommenden Jahr für die Jesusrolle bei den Oberammergauer Festspielen zu bewerben.

Schließlich sammelte ich gerade Erfahrung, vom A und O war es nicht weit bis zum Alpha und Omega. Dann mahnte ich mich zur Ordnung, ich musste mich schließlich der Realität stellen.

„Wie oft muss ich dieses Ding hin und her bewegen?“, rief ich meinem Folterknecht zu, um das Stöhnen und Wehklagen meiner Leidensgenossen an den Maschinen zu übertönen.

„Vier Serien a zwanzig Bewegungen“, antwortete er und zwang mich damit in einen für meine nächste Zukunft lebensbestimmenden Rhythmus. Wo ich auch war, was ich auch tat, ich musste immer vier Serien a zwanzig Bewegungen durchführen, ein Zwang, dem ich nicht entrinnen konnte. Arbeitete ich an meinem Roman, schrieb ich vier Zeilen a zwanzig Zeichen und legte nach jeder Zeile eine kurze Pause ein. Ging ich mit Tilla Gassi, zählte ich zwanzig Schritte, hielt für eine kurze Weile inne und tat die nächsten zwanzig. Bei Gesprächen ertappte ich mich sogar bei dem Gedanken, nach zwanzig Worten eine Weile zu schweigen, um erst dann die nächsten zwanzig Worte zu sprechen. Zurück zu Gregor, denn die Bambusstange war erst der Anfang. Ich befürchtete Schlimmeres, und es kam schlimmer. Ich musste eine dieser Höllenmaschinen besteigen.

„So, Hagen, jetzt geht es in den Haltungsstabilisator!“, kommandierte er.

„In den … was?“, stotterte ich entgeistert.

„Haltungsstabilisator!“, grinste Gregor und wies mit Imperatorgeste auf ein Gerät mit schwarzem Ledersitz und kompliziertem Stahlgestänge. Ich wand mich umständlich hinein und starrte angstvoll auf meinen Quälgeist. „Gerade hinsetzen, Griffe fassen und pressen!“, kommandierte er. Ich holte Luft und presste, presste, presste … aber es passierte nichts.

„Es lässt sich nicht bewegen“, jammerte ich.

„Oh, sorry, Hagen, hab vergessen Gewicht runterzunehmen, sechzig Kilo sind für dich natürlich zu viel."

Gregor versetzte den Metallstift, der die Gewichte hielt, fünf Kilo traute er mir nur zu, wie peinlich. „Auch vier mal zwanzig", sagte er überflüssigerweise und … ging. Er ließ mich einfach sitzen. Irritiert nahm ich sein Verschwinden zur Kenntnis. War ich frei? Durfte ich wieder allein über mein Schicksal bestimmen? Ich nutzte die Gelegenheit, meine Serien von zwanzig auf fünf zu verkürzen und die Pausen unverhältnismäßig lang auszudehnen, so erschien mir die Arbeit am Heldenkörper irgendwie erträglicher. Währenddessen beobachtete ich unauffällig den Halleneingang, um nicht von Gregors Rückkehr überrascht zu werden.

Als sich die Tür öffnete, tauchte allerdings nicht mein Peiniger auf, sondern – ich konnte es kaum glauben – der schwarzhaarige Wikingerjüngling Dorles, begleitet von drei weiteren Knaben seines Alters. Alle vier trugen ärmellose Shirts, glitzernde Trainingshosen und schwarze, fingerlose Handschuhe, mit denen Sie ihrem Outfit den letzten Pfiff gaben. „Mein Gott", dachte ich mit einer Mischung aus Verachtung und Respekt, „welche Muskeln."

Vorsichtig inspizierte ich meine eigenen, strohhalmdünnen Ärmchen und wäre am liebsten unsichtbar oder eins mit der Maschine geworden. Inständig hoffte ich, Erik würde mich nicht entdecken und suchte verzweifelt nach einer Möglichkeit zu verschwinden. Als der schwarze Wikinger sich mit großem Hallo auf eine Bank legte, um mithilfe seiner Fitnessbrüder eine Langhantel mit riesigen Gewichtsscheiben zu stemmen, sah ich meine Chance gekommen. Leise und für mein Gefühl außerordentlich geschmeidig schlich ich mich aus dem Haltungsstabilisator heraus in Richtung Hallentür, wohl wissend, dass mein heimlicher Abgang mit Haltung nicht das Geringste zu tun hatte. Aber das war mir gleichgültig, solange Dorles Muskelmann beschäftigt war, konnte die Flucht gelingen, nur noch zwei Schritte, gleich wäre ich in Sicherheit, nie mehr würde man mich hier wiedersehen. Bauch hin und Rücken her, meinen Körper den Blicken dieses jugendlichen Kraftprotzes preiszugeben, käme einer Demontage gleich.

„Was ist mit dir los, Hagen? Du willst doch nicht schon gehen?"

„Gregor! Dieser kleine Mistkerl, dieses Quadratmonster, warum steht der plötzlich hinter mir?", fluchte ich innerlich. „Er hat doch durch genau diese Tür die Halle verlassen.“ Erst jetzt fiel mir der zweite Eingang an der gegenüberliegenden Seite auf. Die Arme in die Hüften gestemmt, grinste mein Vorturner mir unverschämt ins Gesicht und dann passierte es: Eisen knallte auf Eisen, jemand legte seine Langhantel ab, Schritte näherten sich und eine Hand tippte auf meine linke Schulter.

„Herr Hagemann, Sie hier? Auch fit werden?“

Langsam drehte ich mich um. „Ach, Erik, nein, nein, das nicht, ich hab Rücken.“

Sein Blick strich über meinen Körper, beinahe genüsslich scannte er meine Konturen, lange, viel zu lange blieb er an meinem Bauch hängen. Sollte ich schon wieder die Luft anhalten? Ach was, sollte er doch sehen, dass ich nicht seinen Idealen entsprach, nicht entsprechen wollte. Ein solcher Astralkörper wäre mir peinlich, viel in den Armen, Sixpack, aber nichts im Kopf. Immer lauter wütete meine innere Stimme gegen den Körperwahn junger Menschen im Allgemeinen. Oder doch eher gegen den Freund meiner ältesten Tochter im Besonderen?

„Das find ich echt super, Herr Hagemann, wir sind fast jeden zweiten Tag hier“, dabei zeigte er auf die jungen Burschen an der Langhantelstation. „Wenn Sie wollen, können wir demnächst zusammen trainieren. Micha zeigt Ihnen ja jetzt, wie's geht.“

Mit einem Seitenblick in die große Spiegelwand kontrollierte ich blitzschnell meinen Gesichtsausdruck: Ich sah verwirrt aus. Warum war der junge Mann einfach nur freundlich? Warum tat er nicht das, was ich von körperfixierten jungen Männern erwarten wollte? Warum spottete er nicht, nutzte meine Schwäche nicht aus?

„Cool, Erik, das ist super für Hagen, aber jetzt ist Schluss mit dem Gequatsche, es geht erst mal weiter im Text. Time is money. Hagen will schließlich was haben fürs Geld, außerdem darfst du ihn nicht überfordern, er fängt ja gerade erst an.“ Gregor zeigte auf ein Gerät, das er *Uproller* nannte. Ich zog entschuldigend die Schultern hoch.

„Tja, so sieht's aus, Erik“, lächelte ich so unbefangen wie möglich, „also beim nächsten Mal.“ Dieses nächste Mal, das schwor ich mir, würde es ganz bestimmt nicht geben, nur heute noch den Tag mit Würde überstehen.

„Frische Farbe hast du im Gesicht“, begrüßte mich Elsa, als ich mich Zuhause erschöpft auf die Couch fallen ließ. „War es gut?“

„Ziemlich gewöhnungsbedürftig“, antwortete ich einsilbig und wunderte mich nicht einmal darüber, dass meine Frau den wahren Grund meiner Abwesenheit wusste. Ich versteckte mich hinter der Tageszeitung und gab vor zu lesen, als Dorle das Wohnzimmer betrat.

„Hab gehört, du hast Erik im Fitnessstudio getroffen?“

Entgeistert ließ ich die Zeitung sinken, konnte man hier gar nichts geheim halten?

„Woher weißt du denn das schon wieder? Ich bin doch gerade erst Zuhause?“

„SMS“, antwortete sie, „er findet es übrigens echt cool, dass du so was machst.“

Schon wieder war ich verwirrt, warum empfand ich jetzt Stolz? Der schwarz gelockte Wikinger machte mir ein Kompliment und ich fühlte mich geschmeichelt? Elsa und Dorle lächelten.

„Ja, ja, ich fand's auch nicht schlecht, übermorgen gehe ich wieder hin“, hörte ich mich zu meiner eigenen Überraschung antworten. Böse Falle, aber sie gefiel mir, diese Falle.

Weihnachten mit Papa

„Was machen wir jetzt mit deinem Vater?“, erkundigte sich Elsa beim Sonntagsfrühstück, während unsere Töchter wie immer noch schliefen.

„Wie meinst du das?“, fragte ich verständnislos.

„Wir müssen doch wissen, ob er kommt. Die Kinder werden keine Lust haben, schon wieder auf Weihnachtsrallye zu gehen.“

Ich zuckte mit den Schultern. „Wir haben doch gerade erst die Herbstferien hinter uns, daran mag ich noch gar nicht denken.“

„Wenn wir nicht rechtzeitig einen Plan haben, ist es am Ende wie immer. Und das heißt, wir sitzen im Auto. Erster Weihnachtstag, dein Vater, zweiter Weihnachtstag, meine Eltern, nach dem Kaffeetrinken wieder zurückjagen und abends kommen Flora und Jo.“

Ich seufzte, da war sie wieder, die gefürchtete Weihnachtsfrage. Viele Jahre mussten wir sie nicht beantworten, denn mein Vater hatte sich nach dem Tod meiner Mutter angewöhnt, mit einer Freundin Weihnachten und Silvester auf Gran Canaria zu verbringen und nie Andeutungen gemacht, uns einzuladen oder zu besuchen. Eine Weile hofften wir sogar, die beiden würden heiraten, vor zwei Monaten hatte er sich jedoch mit ihr verkracht und sich von ihr getrennt.

„Die wollte mich vor den Altar schleppen“, erzählte er mir wenig später empört am Telefon, „aber das konnte ich Mama doch nicht antun.“

Ich war gerührt und gab ihm recht. Welch einmalige Gelegenheit ich durch diesen Moment der Rührung vertan hatte, war mir zu dem Zeitpunkt allerdings nicht bewusst, denn das Zusammenleben mit einer neuen Partnerin hätte meinen Vater wahrscheinlich dauerhaft von uns abgelenkt und professionellen Handwerkern endlich die Gelegenheit gegeben, sich in Ruhe mit den Baustellen zu beschäftigen, die er als ebenso begeisterter wie unfähiger Hobbyhandwerker bislang in unserem Haus hinterlassen hatte. Wir konnten nie verhindern, dass er sich schon wegen einfachster Renovierungsarbeiten mit völlig ungeeignetem Handwerkszeug bei uns einquartierte und innerhalb kürzester Zeit ein unvorstellbares Durcheinander anrichtete.

Als neulich Gretas Zimmer gestrichen werden musste, rückte er mit einer alten, wackeligen Trittleiter und mehreren, durch jahrelangen Gebrauch beinahe haarlosen Pinseln an. Elsas Vorschlag, mit ihr doch lieber Kaffee zu trinken und die Arbeit einem Anstreicher zu überlassen, wertete er als persönliche Beleidigung.

„Das kannst du mir nicht antun", schwadronierte er, „dafür ist ein Großvater schließlich da, im Gegensatz zu dir habe ich Zeit. Außerdem kannst du ja nichts dafür, dass Hagen zwei linke Hände hat."

„Danke Papa", antwortete ich, „es ist immer wieder rührend, wie du zu mir stehst."

Da Greta darauf bestand, meinen Vater die Arbeit übernehmen zu lassen, ließen wir ihn schweren Herzens gewähren und verließen das Haus. Diese Entscheidung entpuppte sich als folgenschwerer Fehler, denn innerhalb eines Tages schaffte er es, nicht nur die Wände mit den geschmacklosesten Farben zu verunstalten, sondern auch noch im ganzen Haus Abfall anzuhäufen. Zudem hatten weder mein Vater noch Greta während ihrer Aktionskunst daran gedacht, Abdeckfolien auszubreiten. Elsa bekam nach unserer Rückkehr einen Wutanfall, denn die Möbel waren bekleckert und zahlreiche Fußspuren bewiesen, dass sie Gretas Zimmer immer wieder verlassen und offenbar mit Vorliebe in die Küche zum Kühlschrank gegangen waren. Das warme Rot unseres geliebten Terracottabodens war just an dieser Stelle von einer undefinierbaren Mischfarbe bedeckt, die so tief in die Gesteinsporen eingedrungen war, dass uns nichts anderes übrig blieb, als die Fliesen vor dem Kühlschrank austauschen zu lassen.

Es kostete eine Woche und eine Stange Geld, das gesamte von meinem Vater angerichtete Desaster zu beseitigen. Greta war übrigens die Einzige, die mit seinem Werk zufrieden war und mehrfach betonte, sie habe mit ihrem coolen Opa voll Spaß gehabt, und wir sollten uns bitte nicht so anstellen.

Um uns von diesem Trauma zu erholen, beschlossen wir, während der Herbstferien wieder einen Urlaub auf der von meiner Familie so geschätzten Insel Ameland zu verbringen. Trotz einiger Bedenken übergaben wir meinem Vater den Schlüssel, verbunden mit einer von

Elsa scharf vorgetragenen Ermahnung, nur die Blumen zu gießen und ansonsten nichts, aber auch wirklich gar nichts anzurühren. Er versprach es hoch und heilig.

Als wir zurückkamen, roch es im Haus nach Verwesung. Ich fürchtete schon, mein Vater habe während unserer Abwesenheit eine Leiche im Keller versteckt, aber er hatte lediglich versucht, die defekte Waschmaschine zu reparieren und dabei einen Kurzschluss ausgelöst. Weil er anschließend vergaß, die Sicherung wieder einzuschalten, hatte sich sämtliches Gefriergut in unserer Kühltruhe in übel riechendes Gammelfleisch verwandelt. So standen wir vor der Wahl, es entweder zu vernichten oder einem profitgierigen Fleischgroßhändler zur Weiterverwertung anzubieten. All das ging mir nach Elsas Frage durch den Kopf. Welch eine Erleichterung wäre es für uns und unsere Haushaltskasse gewesen, wenn ich ihm zur Heirat geraten hätte.

„Also, wie denkst du dir das mit deinem Vater?", hakte meine Frau noch einmal nach, „wir werden ihn wohl einladen müssen, das ist für alle einfacher." Ich nickte. „Aber eins sag ihm gleich dazu. *Ich* werde kochen, er soll sich einfach wie ein normaler Gast benehmen und sich auf keinen Fall in der Küche blicken lassen!"

Er war nicht nur ein lausiger Handwerker, sondern zusätzlich ein massiv zur Selbstüberschätzung neigender Hobbykoch. Mit ätzender Schärfe konnte er sich über die Lichters und Lafers der Fernsehwelt lustigmachen, selbst stellte er allerdings Gerichte her, deren „Genuss" an Körperverletzung grenzte. Dabei verwandelte er die Küche regelmäßig in ein Schlachtfeld. Ich ließ mir einige Wochen Zeit, meinen Vater einzuladen. Elsa musste mich am dritten Advent noch einmal daran erinnern, erst dann griff ich seufzend zum Telefon. „Papa, bald ist ja Weihnachten. Wir haben …"

„Das wurde aber auch Zeit, Junge, du weißt doch, dass ich nicht mit dieser Dame nach Gran Canaria reise."

Seit Heddas Heiratswunsch nannte er sie nur noch *diese Dame*, denn er hatte mit bebender Stimme geschworen, ihren Namen nie mehr auszusprechen.

„Ich komme natürlich gerne, übrigens habe ich mir schon ein Weihnachtsmenü überlegt. Heiligabend werde ich in Elsas Küche zaubern, ich übernehme alles, deine Frau soll sich mal richtig entspannen. Als Vorspeise habe ich mir folgende …"

Während mein Vater plauderte, erlaubte ich mir einen gedanklichen Ausflug in meine Kindheit. Wir wohnten damals in einem dieser langweiligen Reihenhäuser im Klinkerbaustil. Meine Mutter legte immer sehr viel Wert auf Sauberkeit, selbst im Garten sah es aus, als könne man vom Boden essen. Nie war ein überflüssiger Ast, eine vertrocknete Blüte oder gar Unkraut zu finden. Der Rasen hatte die vorschriftsmäßige Länge von drei Zentimetern und bekam mindestens einmal im Monat eine gehörige Portion Blaudünger, damit er schön grün blieb. Dass Blaudünger grünen Rasen wachsen lassen konnte, war ein Wunder, an das ich länger glaubte als an das Christkind. Gelegentlich durfte mein Vater den Rasen schneiden, aber er wurde den übermenschlich hohen Ansprüchen meiner Mutter nur selten gerecht und musste sich nach erledigter und, wie meine Mutter in der Regel fand, unzulänglicher Arbeit ihrer harten Kritik stellen.

Natürlich lebte sie auch im Haus ihren Perfektionswahn aus und war bestrebt, vor Weihnachten alles, wirklich alles zu waschen, zu putzen oder zu erneuern. Meinem Vater war Perfektionismus völlig fremd, deshalb hatte er sich im Laufe der Ehe einfach angewöhnt, gar nichts mehr zu tun. Er ließ sich von meiner Mutter sogar die Milch in den Kaffee gießen, nur das Rühren erledigte er noch in eigener Verantwortung. Putzen, Geschenke besorgen, das Weihnachtsessen vorbereiten …

Neben all diesen saisonalen Anforderungen auch noch die Alltagsversorgung meines Vaters sicherzustellen, führte bei meiner Mutter am Heiligen Abend zu einem Zustand völliger Erschöpfung, sodass sie meist spätestens nach der Bescherung auf dem Sofa einschlief. Ein einziges Mal, so erinnerte ich mich, plagte meinen Vater nach Weihnachten jedoch so sehr das schlechte Gewissen, dass er den Vorsatz fasste, sich im darauffolgenden Jahr aktiv an den Festvorbereitungen zu beteiligen. Schon nach dem Jahreswechsel begann er, sich auffällig für Kochbücher zu interessieren. Monat für Monat nervte er mich mit neuen Menüideen für das Weihnachtsessen und begann bereits nach den Sommerferien mit den Worten „eine professionelle Vorbereitung ist alles“, Vorräte zusammenzutragen. Damit meine Mutter es nicht bemerkte, kaufte er eine zweite Kühltruhe, die er bei seinem Freund Lothar im Keller aufstellte und im Laufe der Zeit mit Lebensmitteln befüllte, die für zwei lange Winter gereicht hätten.

Das Jahr verging und in der Nacht vor Heiligabend war es schließlich soweit. Kaum war meine Mutter eingeschlafen, schlich er sich aus dem Schlafzimmer in die Küche. Sie hatte immer schon einen unglaublich festen Schlaf und bemerkte nichts. Lothar half ihm und transportierte mit seinem Wagen den Inhalt der Kühltruhe zu uns. Ich war fest entschlossen, mich nicht einzumischen und trotz besorgniserregender Geräusche, die bis in mein Zimmer in der oberen Etage drangen, blieb ich in meinem Bett.

Am nächsten Morgen riss mich die wutschnaubende Stimme meiner Mutter, die das von meinem Vater angerichtete Chaos inzwischen entdeckt hatte, aus dem Schlaf. „Du hast meine Küche völlig ruiniert!", brüllte sie. „Bist du denn von allen guten Geistern verlassen? Was hast du dir dabei gedacht? Und du hilfst ihm auch noch, Lothar, ich fasse es nicht!"

Ich sprang auf und schlich nach unten. Als ich die Küchentür öffnete, stand meine Mutter gerade gestikulierend vor den beiden Meisterköchen, die inmitten von Flaschen sturzbetrunken am Tisch hingen und es geschafft hatten, die seit fast einem Jahr in der Kühltruhe gehorteten Lebensmittel durch Hinzufügen von Hitze samt und sonders in Holzkohle statt in genießbare Gerichte zu verwandeln. Alles, was sich nicht in diesem Aggregatzustand befand, schien an den Wänden zu kleben oder lief in langen, schlierigen Streifen langsam gen Fußboden, um sich dort mit Lebensmitteln aller Art zu einem undefinierbaren Brei zu vereinigen. „Es, es … sssssollte doch eine Üüüüü-rrassschung werden …", lallte mein Vater und grinste meine Mutter kindisch an.

„Das nennst du eine Überraschung?" Ihre Stimme überschlug sich, ich befürchtete bereits, sie würde ihm eine der leeren Flaschen über den Kopf schlagen. Aber dazu kam es nicht. Als sie mich sah, gewann ihre Vernunft wieder Oberhand, und sie übernahm gewohnt souverän das Kommando. „Schnell, reiß die Fenster auf!", befahl sie mir. Dann räumten wir meinen Vater und Lothar zur Seite, das heißt, wir brachten ihn nach Hause und meinen Vater ins Bett.

Bis zum Abend schafften wir es, die Küche einigermaßen begehbar zu machen und sogar ein schmackhaftes Essen zu kochen. Kurz vor der Bescherung weckte meine Mutter meinen Vater wieder auf. Er hatte seinen Rausch ausgeschlafen und zog sich beschämt um, sodass wir schließlich doch noch ein friedvolles Weihnachtsfest feiern konnten.

Erst einige Jahre nach ihrem Tode traute er sich erneut an den Herd, allerdings, wie bereits erwähnt, mit eher bescheidenem Ergebnis. Da aber weder ich noch Elsa ihm jemals die Wahrheit gesagt hatten, hielt er sich, die Weihnachtsküchenepisode komplett verdrängend, für den einzig legitimen Nachfolger von Paul Bocuse.

„Junge, was ist? Hörst du mir überhaupt zu?“ Mein Vater holte mich in die Gegenwart zurück.

„Ja, ja, natürlich“, antwortete ich zerstreut, „nur eins muss ich dir sagen. Komm ja nicht auf die Idee zu kochen. Unsere Küche ist für dich tabu!“ Für einen Moment schwieg er. „Papa, was ist? Bist du noch da?“

„Ich habe dir gerade lang und breit von dem Menü erzählt, du hast also doch nicht zugehört.“

Ich schämte mich ein wenig. „Hab ich wohl, aber du warst ja nicht zu bremsen“, log ich, „es bleibt dabei, unsere Küche ist für dich tabu.“

„Wie du meinst, Junge. Eigentlich sollte das mein Weihnachtsgeschenk für Elsa sein.“

„Wieso für Elsa? Es wäre wohl eher ein Weihnachtsgeschenk für mich. Schließlich koche *ich* normalerweise, das weißt du ganz genau!“

„Gerade das finde ich unmöglich, was hast du als Mann in der Küche zu suchen?“

„Das fragst ausgerechnet du? Du bist doch auch ein Mann, oder?“

Ich wusste, was jetzt kommen würde. „Das ist was ganz anderes“, würde er antworten.

Überraschenderweise sagte er schlicht: „Im Gegensatz zu dir bin ich Profi.“

Jetzt erwachte der Neandertaler in mir. „Papa!“, schleuderte ich ihm entgegen. „Du zwingst mich, dich auf zwei Dinge aufmerksam zu machen. Zum Ersten: Von Mama bist du immer bekocht worden, das einzige Mal, als du es selbst versuchtest, kam es fast zur Katastrophe und zum Zweiten: Was du jetzt in der Küche zustande bringst, ist nur zu ertragen, wenn man sich anschließend mit Kräuterlikör betrinkt.“

„Was willst du damit sagen?“

„Das weißt du genau. Du kannst einfach nicht kochen!“

Stille am anderen Ende der Leitung, dann ein Knacken und der Besetztton. Sofort plagte mich mein schlechtes Gewissen, aber schließlich hatte er angefangen. In der Hoffnung auf Verständnis berichtete ich meiner Familie von dem Telefongespräch.

„Meine Güte, Papa, das kannst du Opa doch nicht antun!" – Dorle.

„Papa, du bist unmöglich!" – Greta.

„Kommt Opa Weihnachten jetzt nicht?" – Emma, besorgt.

Elsa schwieg. „Du wirst wohl noch mal mit ihm sprechen müssen", sagte sie schließlich.

Ich nickte ergeben und ging in mein Arbeitszimmer. Mein Vater war zwar ein eingebildeter, selbstverliebter, kritikunfähiger alter Ziegenbock, der selbstverständlich nicht kochen konnte, allerdings *sollte* ich nicht nur, ich *wollte* mich sogar entschuldigen. Und ich würde erleichtert sein, wenn er mir vergab. Schon als ich noch Kind war, verstand er es meisterhaft, mir ein schlechtes Gewissen zu machen. Ich war zwar inzwischen selbst verheirateter Vater dreier Töchter, aber dieser Trick funktionierte noch immer. Klopfenden Herzens griff ich also zum Telefon.

„Hagemann", hörte ich seine Stimme.

„Papa, es tut mir leid", flüsterte ich. Er schwieg und ließ mich zappeln. „Du kannst auch gerne bei uns kochen", schob ich nach, „alle wollen, dass du Weihnachten kommst."

„Na gut, Junge, dann will ich dir deine Unverschämtheiten verzeihen. Das mit dem Kochen habe ich übrigens schon geregelt."

Ich stutzte. „Wie, geregelt?"

„Wart's ab, ich bin dann Heiligabend pünktlich bei euch."

„Du willst also nicht mehr kochen?"

„Nein, nein."

„Also gut, bis dann." Ich legte auf. Einerseits war ich erleichtert, andererseits aber auch beunruhigt, denn sein „Wart's ab" klang wie eine Drohung.

„Und? Wie hat er reagiert?", fragten Elsa und die Töchter gespannt, als ich ins Wohnzimmer zurückkehrte. Ich erzählte alles, aber um Elsa nicht zu beunruhigen, behielt ich seine eigenartige Bemerkung zum Kochen für mich.

„Dann ist ja alles klar", meinte Dorle anerkennend, stand auf und schlug mir im Hinausgehen auf die Schulter, während Elsa und ich das Weihnachtsmenü zu planen begannen. Allerdings betonte sie mehrfach, dieses Mal allein kochen zu wollen, das sei sie ihrem Ruf gegenüber dem Schwiegervater schuldig.

Der Morgen des Vierundzwanzigsten entwickelte sich entspannt, abgesehen von dem nicht unerheblichen Versäumnis, kein Geschenk für meinen Vater besorgt zu haben. In höchster Not suchte ich schnell den Souvenirladen an der Ecke auf, um irgendetwas Neutrales zu kaufen. Um drei Uhr nachmittags waren wir mit allem fertig und warteten frisch geduscht, festlich gekleidet und am gedeckten Kaffeetisch auf unseren Weihnachtsgast. Schließlich klingelte es.

Als ich die Tür öffnete, traf mich der Schlag, denn mein Vater war nicht allein, hinter ihm stand eine ganze Armee von Trägern, eskortiert von drei livrierten Kellnern. Beladen mit Silberplatten voller Köstlichkeiten, Warmhaltepfannen und Körben mit Obst und Getränken, warteten sie nur darauf, unser Haus in Besitz zu nehmen. Mein Vater, saisonuntypisch mit Hawaiihemd und heller Hose bekleidet, befahl seinen Gastronomiesoldaten anzugreifen. Unaufhaltsam setzten sie sich in Bewegung, offenbar bestens vorbereitet. Sie drangen zielsicher und ohne weitere Anweisungen ins Wohnzimmer vor, deckten unsere Kaffeetafel ab, um auf dem Tisch ein opulentes, warm-kaltes Buffet aufzubauen. All das geschah in einer so unglaublichen Geschwindigkeit, dass weder Elsa noch ich in der Lage waren, uns zu verteidigen. So schnell die Träger gekommen waren, verschwanden sie auch wieder, lediglich die drei Kellner blieben als Servicekräfte zurück.

„Hermann, was soll das?“, zischte meine Frau.

„Das ist meine Überraschung für dich, Elsa. Hagen hat mir ja deine Küche verboten. Frohe Weihnachten!“ Er umarmte sie und gab ihr einen Kuss auf die Stirn. Elsa sah mich an, während sie ihm antwortete, sie wirkte angespannt.

„Was heißt hier *meine* Küche? Auch wenn ich den ganzen Morgen ein aufwendiges Weihnachtsmenü gekocht habe, ist das noch lange nicht *meine* Küche, sie gehört auch *deinem* Sohn! Sag du doch auch mal was, Hagen!“

Was sollte ich dazu sagen? Ich fühlte mich leer, während mein Blick langsam über den Tisch zu den Kellnern wanderte. Die Warmhaltepfannen enthielten drei verschiedene Fleischsorten in feinster Sauce, es gab Körbe mit Ananas, „echte Flugananas“, wie mein Vater stolz betonte, (ich stellte mir vor, wie die Ananas das Meer nach Europa überquert hatte, um ausgerechnet bei uns auf dem Wohnzimmertisch zu landen), Orangen, fein filetiert, Äpfel, Birnen, zahlreiche Platten mit Lachsschnittchen und raffinierten Vorspeisen, Salate und, was wohl insbesondere Emma erfreute, diverse Schüsseln mit Dessert, bunt und extrem appetitlich aufbereitet, kurz, ein Menü vom Feinsten.

Dann sah ich meine Töchter an, auch sie bewunderten unseren Esstisch, Dorles Augen schienen jedoch noch mehr Interesse an dem jungen, gut aussehenden Oberkellner zu haben, der sich mit seinen beiden Kollegen vor dem Wohnzimmerschrank aufgebaut hatte.

„Was sollen wir denn mit soviel Essen anfangen?“, brachte ich schließlich hilflos hervor. „Das reicht für eine ganze Kompanie.“

„Oder zwei Kühltruhen“, fügte meine Gattin sarkastisch hinzu. Mein Vater trug nicht nur ein Hawaiihemd, sondern hatte offenbar auch einen Gutelaune-Weihnachtsmann verschluckt.

„Kein Problem, Kinder, nicht verzagen, Papa fragen. Dass ihr jungen Menschen nicht richtig essen könnt, war mir schon vorher klar, deshalb habe ich einfach noch ein paar Überraschungsgäste eingeladen. Wir feiern Weihnachten mal ganz anders, oder was meint ihr, Kinder?“ Dabei zwinkerte er seinen Enkeltöchtern zu, auf deren Gesichtern nach anfänglichem Erstaunen längst begeisterte Zustimmung abzulesen war.

„Super, Opa!“, jubilierte unsere Jüngste. „Wer kommt denn noch?“

„Moment, Moment!“ Elsa erwachte aus ihrer Erstarrung. „So geht das nicht, Hermann! Du kannst doch nicht einfach hier rein marschieren und ohne zu fragen alles durcheinanderbringen. Du nimmst jetzt diese livrierten Pinguine und lässt den ganzen Mist wieder dahin tragen, wo du ihn hergeholt hast, und zwar sofort! Dann kannst du dorthin gehen, wo der Pfeffer wächst!“

Sie stürzte aus dem Zimmer und stampfte wütend nach oben. Mein Vater sah ihr nach und musterte mich von oben bis unten.

„Siehst du das auch so, Junge?“, fragte er schließlich. Ich nickte. „Also gut, Männer, die Party findet woanders statt. Das ganze Zeug zu mir!“

„Jetzt hört aber auf!“, riefen unsere Töchter wie aus einem Mund. „Ihr seid doch komplett durchgeknallt!“

Dorle übernahm jetzt das Kommando. „Opa, du bleibst, und das Essen auch! Was sind das für Leute, die du eingeladen hast?“

„Die Bewohner des Obdachlosenheimes. Ein Freund von mir hat erzählt, dass dort viel mehr Menschen als sonst untergebracht sind. Ich dachte, denen könnten wir eine Freude bereiten.“

„Ist doch cool, Opa, das machen wir. Ruf sie an, die sollen kommen!“

„Einen Augenblick“, wandte ich zaghaft ein. „Spielt ihr *Kinder an die*

Macht oder was wird das hier? Mama und ich haben da ja wohl auch noch ein Wörtchen mitzureden."

„Richtig", mischte sich Greta ein, „aber ihr predigt doch immer, wir sollen wenigstens Weihnachten was Soziales tun. Jetzt haben wir die Chance, und ihr stellt euch voll spießig an. Wenn ihr wirklich ein Wörtchen mitreden wollt, dann sagt einfach ja."

„Komm Papa, wir gehen nach oben und erklären es Mama", schlug Emma vor. Ich resümierte meine Lage: In meinem eigenen Haus war ich ein Nichts, meine Frau befand sich dem Nervenzusammenbruch nahe in ihrem Arbeitszimmer, und ich hatte mich schon wieder nicht gegen meinen Vater durchgesetzt. Es hätte schlimmer kommen können.

Also ging ich mit Emma nach oben, während mein Vater im Obdachlosenheim anrief. Eine halbe Stunde später füllte sich unser Haus mit weihnachtlichen Besuchern. Männer unterschiedlichen Alters betraten unser Wohnzimmer, alle mit vom Alkohol und dem Leben auf der Straße gezeichneten Gesichtern. Die wilden Mähnen und Bärte hatten sie mühsam mit Gel und Wasser gebändigt und ihre Stimmen klangen wie Reibeisen. Entgegen meiner Befürchtung mussten wir Elsa gar nicht lange überreden, wieder ins Wohnzimmer zu kommen, und als die rauen Männerkehlen zu Gretas Klavierbegleitung „Oh, du fröhliche …" anstimmten, sangen wir alle mit. Es wurde ein schöner und friedlicher Abend, keiner unserer Gäste war betrunken, lediglich mein Vater hatte einen ziemlichen Schwips.

Ordnung ist das halbe Leben

Ich halte mich inzwischen für einen ordnungsliebenden Menschen, ich würde sogar behaupten, Ordnung ist für mich existenziell wichtig. Wenn zum Beispiel mein Blick wohlgefällig über die blitzblank geputzte Holzmaserung meines Schreibtisches gleitet, ohne an achtlos gestapelten Papieren und dahingeworfenen Stiften hängen zu bleiben, schnurre ich vor Wohlbehagen.

„Du darfst es aber nicht übertreiben“, mahnte mich Elsa kürzlich, als ich aufgrund einer morgendlichen Schreibblockade die Küche aufgeräumt, eine Liste des gesamten Inventars zusammengestellt und jeden Schrank, jedes Schubladenfach mit einer Inhaltsübersicht versehen hatte. Ich war enttäuscht über ihre Reaktion, noch deutlicher signalisierten mir unsere älteren Töchter, dass sie mein neues Interesse für mehr als verrückt hielten, und verstärkten von Stund an ihren Hang zum Chaos, nur, um mich zu provozieren, davon war ich überzeugt.

Schon vor dem Haus stieß ich dafür auf Beweise, denn sie parkten ihre Fahrräder niemals in der Garage, wo sie hingehörten, sondern grundsätzlich in der Einfahrt. Elsa behauptete zwar, das falle mir auf, weil ich jetzt in besonderer Weise darauf achte, aber ich zog es vor, mich an Fakten zu halten, und die besagten, dass ich jedes Mal, bevor ich mit dem Wagen in die Garage fahren konnte, aussteigen musste, um die Drahtesel meiner Ältesten zur Seite zu stellen. Unser Nachbar, wie immer in Begleitung seines Dackels, genoss es übrigens, mich dabei hämisch grinsend zu beobachten und mein mühsames Rangieren mit Sätzen wie „Ordnung ist das halbe Leben, sonst geht ganz schön viel daneben“ zu kommentieren. Er selbst demonstrierte seinen Ordnungssinn übrigens gerne durch einen beherzten Griff an die ballonseidene Trainingshose, um sein Gemächte zu sortieren. Seitdem weiß ich, dass dieses Kleidungsstück nicht nur einen Verstoß gegen Modevorschriften darstellt.

Hatte ich das Auto endlich geparkt und den Hausflur betreten, wartete schon das nächste Hindernis, denn nur unter Aufbietung aller Kräfte gelang es mir, die Tür zu öffnen, weil meine Töchter es sich zur Gewohnheit gemacht hatten, ihre Schultaschen direkt im Eingangsbereich fallen zu lassen. Danach war der weitere Weg in die Wohnung mit Schuhen gepflastert, die sich statt im dafür vorgesehenen Schuhregal auf den von allen Familienmitgliedern genutzten allgemeinen Verkehrsflächen tummelten. Dies war vor allem dann unerfreulich, wenn ich das Haus mit einer schweren Last, zum Beispiel einem Einkaufskorb mit Lebensmitteln, betrat und bei dem verzweifelten Versuch, die Hindernisse zu umkurven, regelmäßig ins Straucheln geriet.

Aufgrund dieser Erfahrungen hielt ich es für angemessen, meine Erziehungsbemühungen stärker auf die Einhaltung von Ordnung auszurichten.

Zunächst kontrollierte ich deshalb die Zimmer meiner Töchter, dabei gewann ich erschütternde, allerdings keineswegs überraschende Erkenntnisse. Ich entdeckte offene Schranktüren, wahllos verstreute Kleidungsstücke und auf Dorles Schreibtisch unter anderem meinen schon lange vermissten Teebecher, inzwischen durch einen fest eingetrockneten braunen Rand verunstaltet. Jetzt verstand ich, warum sie es vorzog, auf dem Fußboden zu arbeiten, denn die Arbeitsplatte hatte ihre eigentliche Funktion, das Anfertigen von Hausaufgaben durch ein ausreichendes Platzangebot zu gewährleisten, längst verloren. Sie war zu einem Aufbewahrungsort für Apfelreste, alte Unterhosen, diverse Papiere und zahlreiche Bücherstapel degeneriert. Kaum anders sah es bei Greta aus, lediglich Emmas Zimmer erregte mein väterliches Wohlgefallen, hier erkannte ich mein Vorbild, so sollte es auch bei Greta und Dorle aussehen. Aber was hatte ich bei den Großen falsch gemacht?

„Du willst Dorle und Greta zur Ordnung erziehen?“, wunderte sich Elsa. „Ich dachte immer, für dich sei Ordnung eine maßlos überschätzte Sekundärtugend. Darf ich dich daran erinnern, dass du auf dem Elternabend einen fürchterlichen Aufstand gemacht hast, weil die Schule deiner Töchter angeblich keine Bildung, sondern nur Ordnung vermittelt?“

„Stimmt ja auch, wenn sich eine Schule nur darauf beschränkt, ist das ein Armutszeugnis. Nur geht es mir gar nicht um die Schule.“

„Aber du willst bei Dorle und Greta etwas erreichen, was dich dort stört.“

Diesen Widerspruch konnte ich nicht so einfach wegdiskutieren, deshalb zog ich es vor, unser Gespräch über Erziehungsziele mit einem dahin geworfenen „Ach was“ zu beenden und floh an meinen blitzblanken Schreibtisch. Dieses Mal half der Blick über die Holzmaserung wenig, ich schnurrte nicht vor Vergnügen, sondern geriet ins Grübeln. War Ordnung nun wichtig oder nicht? Wie es sich für einen richtigen Schriftsteller gehört, beschloss ich, grundlegend zu recherchieren, auch Erziehung wollte schließlich geplant und vorbereitet sein.

Trotz meiner Bedenken griff ich wieder zu den Ratgebern, die sich im Laufe vieler Jahre bei uns angesammelt hatten.

Das Geheimnis glücklicher Kinder, Kinder fordern uns heraus. Wie erziehen wir sie zeitgemäß?, Kindern Grenzen setzen – wann und wie?, Mit Liebe konsequent sein. Ich muss meinem Kind alles zehnmal sagen, Dein Kind, das unbekannte Wesen.

„Was müssen Lektoren und Autoren durchgemacht haben, wenn sie ihren Büchern solche Überschriften geben“, dachte ich. Erschüttert stellte ich die Bücher ins Regal zurück. Lediglich ein kleines Heft mit dem Titel *Ordnung schaffen! – Wie Sie Ihr Arbeitszimmer auf Vordermann bringen können* sprach mich an. Ordnung sei praktisch, hieß es da, wenn alles auf seinem Platz liege, könne man finden, ohne suchen zu müssen.

„Logisch!“, entfuhr es mir, verblüfft über soviel definitorische Klarheit. Endlich jemand, der Hochkomplexes einfach und präzise auszudrücken vermochte. Nun kam es darauf an, diesen einfachen Grundgedanken auf die Erziehung renitenter Töchter zu übertragen. Mein Freund, der Psychologe, hatte mir vor einiger Zeit das Buch eines Klaus Hurrelmann empfohlen, für ihn offenbar eine Art Gottvater der Erziehungskunst. Ich fuhr also zur Buchhandlung meines Vertrauens, erstand das Werk und begann zu lesen. (Inzwischen war übrigens nach dem peinlichen Vorfall mit Tilla so viel Zeit vergangen, dass ich mich wieder dorthin traute.)

Auf unendlich vielen Seiten breitete der Autor seine Vorstellungen über Jugendliche aus und behauptete am Ende doch kaum mehr, als es komme darauf an, sie bei der Anpassung an die Gesellschaft zu unterstützen und ihre persönlichen Bedürfnisse und Interessen nicht aus dem Auge zu verlieren.

„Oha“, dachte ich, „ein Vertreter des goldenen Mittelweges, nicht wirklich hilfreich." Aber immerhin stellte er fest, junge Menschen legten wenig Wert auf Ordnung, Pünktlichkeit oder Disziplin, sondern seien vielmehr an Kreativität und Lebensfreude interessiert.

„Da hast du recht, Klaus", murmelte ich und hatte auf einmal das Gefühl, er habe meine Töchter persönlich beobachtet. Sein Vorschlag lautete, mich als Vater eines demokratischen Erziehungsstils zu bedienen, dann werde alles gut. Vor allem, wenn ich das magische Dreieck beachte, bestehend aus Anerkennung, Anleitung und Anregung. Ich dachte wieder an meinen Traum, ob die Herren Bueb und Hurrelmann sich kannten? Wie auch immer, die Anwendung von Magie im Zusammenhang mit Erziehung schien mir ein weiser Vorschlag, dadurch müsste eine gewisse Ordnung in unserem Hause doch wieder herstellbar sein.

Aber war ich durch mein jüngst gewachsenes Ordnungsbedürfnis nun zum Spießer mutiert? Mein Vater war an dieser Entwicklung nicht ganz unbeteiligt, denn ich verspürte zunehmend das Verlangen, mich von ihm abzugrenzen. Ich wollte nicht ein solcher werden, wie mein Vater schon immer gewesen war. Kaspar Hauser ließ grüßen, nur mit umgekehrtem Vorzeichen.

Befragte ich das Internet, wurde mir erklärt, Patriotismus brauche kein Mensch, womit ich übrigens sehr einverstanden war, sehr wohl jedoch Dinge, Tiere, Sinn und eben Ordnung. Die Notwendigkeit dieses Erziehungszieles stand also nicht in Zweifel, ich konnte nicht ganz falsch liegen.

Also erschien es mir pädagogisch gerechtfertigt, meinen Töchtern zwar die Möglichkeit zu lassen sich abzugrenzen und dennoch ihren Ordnungssinn zu schärfen. Schließlich entsprang mein Selbstbewusstsein nicht unwesentlich der Einschätzung, meinen Töchtern ein besserer Vater zu sein, als mein eigener es mir gegenüber war. Ich beschloss, im Sinne des magischen Dreiecks, es erst einmal im Guten zu probieren und suchte in unserem familiären Alltag nach Gelegenheiten, ihnen Anerkennung zuteilwerden zu lassen.

„Wie war es in der Schule?", war nun meine erste Frage, wenn sie wieder zu Hause waren, darauf hoffend, mit Dorle und Greta ins Gespräch zu kommen. Leider antworteten sie meist in Zwei-Wort-Sätzen, deren Interpretation ob ihres spärlichen Inhalts mir schwerfiel. „Geht so", murmelte Dorle zwischen zwei Löffeln Spaghetti. Greta pflegte diese Frage in der Regel zu überhören und genervt auf ihren Teller zu starren. Es war also schwierig, Anerkennenswertes aufzuspüren.

„Was soll das?“, knurrte Greta am dritten Tag meiner neuen Erziehungsstrategie. „Warum fragst du immer nach der Schule?“

„Weil es mich interessiert. Ich finde, ihr tut wirklich viel dafür“, lächelte ich gewinnend.

„Aha“, nuschelte Dorle vielsagend, „werde ich mir merken. Aber tu uns einen Gefallen, Papa, frag nicht jeden Mittag, das nervt.“

Ich zuckte zusammen, die Strategie „Wandel durch Anerkennung“ in Bezug auf die Schule schien wenig Erfolg versprechend. „Übrigens fand ich es gut, dass du gestern die Spülmaschine ausgepackt hast“, wechselte ich das Thema.

„Hab ich nur gemacht, weil Emma mal wieder keinen Bock hatte. Brauchst also nicht so rumzuschleimen“, antwortete meine Älteste.

„Was meinst du damit? Ich arbeite genauso viel wie du!“, wehrte sich Emma und warf ihr Besteck auf den Tisch, bevor sie aufstand und wütend die Küche verließ.

„Stell dich nicht so an!“, rief Greta ihr hinterher. „Dorle hat voll recht, nur weil du die Jüngste bist, glaubst du, du musst nicht helfen!“

„Ihr blöden Ziegen!“, schallte es aus dem Treppenhaus zu uns in die Küche und dann stampfte Emma die Treppe in ihr Zimmer hinauf und warf krachend die Tür ins Schloss.

Greta verdrehte die Augen und deutete mit ihrer rechten Hand einen Scheibenwischer an. Jetzt sah ich den Moment gekommen, Teil Zwei des magischen Dreiecks auszuprobieren, meine beiden großen Töchter brauchten Anregung, sie mussten lernen, sich in Konfliktsituationen anders zu verhalten.

„Hört mal zu. Es ist gut, Emma klar zu machen, dass sie auch mithelfen soll, aber ihr dürft sie nicht so anschreien, das kann man auch anders sagen.“

„Anschreien? Wer hat denn gerade geschrien und die Tür geknallt?“, empörte sich Greta. „Du nimmst sie sowieso zu viel in Schutz. Wenn was zu tun ist, sind nur wir dran, wenn irgendwo was kaputt gegangen ist, beschuldigst du uns, wenn was im Flur herumliegt, sind das angeblich immer unsere Sachen. Du bist voll ungerecht!“ Dorle nickte heftig.

Was war jetzt los? Ich war mir sicher, Teil Zwei des magischen Dreiecks lehrbuchmäßig umgesetzt zu haben, es hieß schwarz auf weiß, man solle Rückmeldung geben.

War jetzt der Zeitpunkt für eine Anleitung gekommen? Ich spürte Ärger und den Drang, mich unmissverständlich mitzuteilen.

„Jetzt reicht's mir!", brach es aus mir heraus. „Ihr fühlt euch benachteiligt? Wer ist denn hier ständig als euer Taxifahrer unterwegs? Wer muss alle Sachen hinter euch hertragen? Und wie oft habe ich euch schon gesagt, ihr müsst aufräumen? Guckt euch doch mal bei Emma um, dann wisst ihr, wie ein ordentliches Zimmer auszusehen hat. Und da wir schon mal dabei sind: Bis heute Abend ist alles tipptop, ansonsten könnt ihr das Wochenende vergessen!"

„Du spinnst doch total, Papa!", schrie Dorle, und ehe ich mich versah, folgten sie und Greta ihrer Schwester Türen schlagend nach oben.

Und der Vater blickte stumm auf dem ganzen Tisch herum. Mein Anleitungsversuch, das musste ich zugeben, war emotional und zu direkt ausgefallen und das Erziehungsergebnis ließ deutlich zu wünschen übrig, die Tipps des Herrn Hurrelmann hatten den familiären Elchtest eindeutig nicht bestanden. Jetzt musste ich allein die Küche aufräumen und mich mal wieder bei meinen großen Töchtern entschuldigen. Allerdings ließ ich mir damit noch Zeit, Heinrich hatte den Gang nach Canossa auch nicht sofort angetreten.

„Ich hätte es wissen müssen, genauso ein verdammter Theoretiker wie die anderen!", fluchte ich leise vor mich hin. Während ich langsam begann, den Tisch abzudecken, hörte ich Elsa nach Hause kommen.

„Hallo Schatz? Was hast du ins Töpfchen gemacht?" Unser Running Gag, normalerweise konnte ich immer darüber lachen, nur jetzt verzog ich keine Miene.

„Ist was?", fragte sie und sah mich an. Ich zuckte mit den Schultern.

„Ich habe versucht, deine Töchter zu erziehen, das Ergebnis ist unterirdisch."

„Sag nicht, du hast schon wieder deinen neuen Ordnungstick ausgelebt?"

„Was heißt hier *schon wieder*? Man wird Dorle und Greta doch noch sagen dürfen, dass es bei ihnen chaotisch aussieht!"

„Die Frage ist, *wie* du es ihnen gesagt hast", lächelte Elsa.

„Wohl ein bisschen zu laut", gab ich zu, „sie sind beleidigt."

„Hatten sie Grund dazu?"

„Vielleicht."

„Dann wirst du was tun müssen."

„Vielleicht."

„Aber warte nicht zu lange, sonst habt ihr wieder tagelang schlechte Laune."

„Mal sehen", murmelte ich und ging in mein Arbeitszimmer. Mein Blick glitt über meinen Schreibtisch, es sah irgendwie langweilig aus, als würde gar nicht gearbeitet. Nach und nach verteilte ich Stifte und Unterlagen auf der Platte, ohne System, einfach so. Es fühlte sich nicht schlecht an.

Immer Ärger mit dem Auto

Natürlich war ich überrascht, als mein Vater einen Umschlag aus seiner Tasche zog und meinte, es sei nun langsam an der Zeit, dass Dorle ihren Führerschein mache. Er ist seit Jahren Mitglied des Allgemeinen deutschen Fahrradclubs und hasst es, Auto zu fahren.

„Achthundert Euro? Soviel? Das können wir auf keinen Fall annehmen", log ich, „du weißt doch, dass Elsa und ich genug verdienen."

„Elsa und du? Hast du einen Bestseller geschrieben?", spottete mein Vater, der noch nie viel von meiner Schriftstellerei gehalten hatte.

„Hör auf, Papa, du weißt genau, wie schwer es ist, einen richtigen Treffer zu landen."

Zögernd und mehr als halbherzig hielt ich ihm den Umschlag wieder entgegen.

„Steck's weg, ist ja nicht für dich, sondern für meine Enkeltochter."

Ich hatte meine Schampflicht erfüllt und ließ das Geld schnell in meiner Hosentasche verschwinden.

„Sieh es als Beitrag zur allgemeinen Verkehrssicherheit. Wenn Dorle fährt und du nicht mehr hinterm Steuer sitzt, kann man sich wenigstens wieder auf die Straße trauen."

„Ich liebe dich, Papa", antwortete ich und zog es vor, mit Tilla einen Spaziergang zu machen. Als ich Elsa später von der milden Gabe erzählte, verschwieg ich jedoch das Motiv meines Vaters.

„Das ist richtig nett von ihm, aber kann er das Geld nicht besser für sich verwenden? Ich verdiene ja nicht schlecht als Schulleiterin", meinte sie. Dass sie nur von sich sprach, überhörte ich, bei den geringen Absatzzahlen meiner Bücher blieb mir auch nichts anderes übrig.

„Er kann es sich leisten", winkte ich ab, „aber soll Dorle wirklich schon den Führerschein machen? Sie wird ja erst in einem Jahr achtzehn."

„Warum nicht? Dann kann sie dich zu deinen Lesungsterminen fahren."

„Willst du damit sagen, ich kann nicht Auto fahren?" Ich spürte Groll in mir aufsteigen, auch meine Frau zweifelte also an meinen Fahrkünsten.

„Unsinn", lächelte sie, „aber dann habt ihr zwei mal was zusammen vor."

„Ach so", murmelte ich und entschied mich, ihrer Erklärung Glauben zu schenken.

Dorle war sofort Feuer und Flamme, als wir ihr eröffneten, sie könne, wenn sie wolle, den Führerschein mit siebzehn machen. „Echt nett von Opa", meinte sie, „und wer bezahlt die andere Hälfte?"

„Wir, wenn du bis dahin nicht rauchst", antwortete ich in der Hoffnung, sie würde ihre heimliche Qualmerei wieder einstellen. „Abgemacht?" Ohne mit der Wimper zu zucken, schlug sie ein. Die jungen Menschen von heute sind eben sehr geschäftstüchtig. Seitdem besuchte unsere Älteste regelmäßig die Fahrschule und wurde schon nach zwei Wochen von ihrem Fahrlehrer mit schnittigem Lehrfahrzeug zur ersten Übungsstunde abgeholt.

„Steht gleich bloß nicht am Fenster", drohte Dorle und ließ die Haustür krachend ins Schloss fallen. Sofort war ich auf meinem Beobachtungsposten hinter dem Vorhang und blieb nicht lange allein, denn kurz nach mir kam Elsa, auch Emma und Greta ließen nicht lange auf sich warten.

„Jetzt fährt sie schon Auto", seufzte meine Frau und drückte meine Hand.

„Ja, so schnell werden aus Kindern Leute", nickte ich melancholisch.

„Richtig schnell geht's bei ihr aber nicht wirklich", grinste Greta, weil Dorle offenbar zunächst vom Fahrlehrer eine längere Einweisung bekam, bevor sie losfuhr.

Das Wort *Fahren* erschien mir jedoch wie ein Euphemismus, denn unsere große Tochter veranlasste das Auto zu Sprüngen, die einem australischen Känguru zur Ehre gereicht hätten. Sie hatte kaum die Straßenmitte erreicht, als der Fahrlehrer zwecks Rettung seines und des Lebens meiner Tochter massiv intervenierte und den Wagen abrupt zum Stehen brachte. „Kommt mir irgendwie bekannt vor, Papa", grinste mir Greta frech ins Gesicht.

„Quatsch", antwortete ich, „das ist mir ein einziges Mal passiert, als ich mit dem Fuß vom Gaspedal gerutscht bin."

Nach kurzer Zeit startete Dorle den Wagen wieder und entfernte sich schließlich langsam aber sicher aus unserem Blickfeld.

„Papa, bringst du mich gleich zu Hendrike?", fragte Emma.

„Nö, ich kann ja nicht Auto fahren, hast du doch gerade gehört", wehrte ich beleidigt ab.

„Bitte, Papa, es regnet, ich kann nichts dafür, dass Greta gemein zu dir war."

„Also gut, aber dann in fünf Minuten, ich muss noch ins Schubidu."

Unser betagter Ford ist mit dem eleganten Fahrschulwagen nicht zu vergleichen, Greta behauptet sogar, er sei im gleichen Jahr wie die Tin Lizzy vom Fließband gerollt. Ich hingegen betrachte ihn mit einem gewissen Stolz.

Er ist eben ein Auto und keine dieser rollenden, hochsensiblen Blechbüchsen, die schon bei kleinen Unachtsamkeiten des Fahrers mit einem aggressiven und beleidigten Piepton reagieren. Mein Schwager Wendelin ist übrigens Besitzer einer solchen Edelkarosse und erzählte mir stolz, er könne auf dem Display seines Radios sogar SMS-Nachrichten lesen.

„Du hast also ein Handy zum Reinsetzen", antwortete ich. „Klingt nicht sonderlich komfortabel." Seitdem ignorierte er mich weitgehend.

Als Emma und ich einsteigen wollten, sahen wir uns mit einem bekannten Problem konfrontiert, weder die Beifahrer- noch die Fahrertür ließen sich öffnen. Eine Eigenwilligkeit unseres Fords, mit der sich die Werkstatt schon mehrfach beschäftigt hatte. Dort nannte man es Reparatur, auch wenn die Höhe der Rechnung das Einzige war, was diese Bezeichnung gerechtfertigt erscheinen ließ.

„Mann, Papa, wann kaufen wir endlich mal ein anderes Auto!", schimpfte Emma und trat mit dem Fuß gegen die Tür.

„Hey, lass das, mit Gewalt löst man keine Probleme, jetzt ist Köpfchen gefragt", wies ich meine Jüngste zurecht. Ich probierte alle Türen durch und stellte fest, dass die Kofferraumtür unseres Kombis sich noch öffnen ließ, also stiegen wir hinten ein und kletterten nach vorne, etwas mühsam, aber lösungsorientiert.

„Na also, geht doch", lächelte ich und startete den Motor, Emma sah finster aus dem Seitenfenster.

„Hendrike ist doch die, die auf der Lutherstraße wohnt, oder?", fragte ich, weil ich mal wieder nicht wusste, um welche ihrer vielen

Freundinnen es sich dieses Mal handelte, sie sahen sich alle so ähnlich mit ihrem streng zu einem Pferdeschwanz gekämmten Haar.

„Nein, sie wohnt immer noch in der Berliner Straße", maßregelte mich Emma, und ich wusste genau, dass sie fest davon ausging, mich in naher Zukunft als Alzheimerfall im Pflegeheim besuchen zu können.

„Tut mir leid, also Berliner Straße. Wann soll ich dich abholen?"

„Ich ruf dich an, sonst vergisst du das auch wieder."

Vor Hendrikes Haus wollte Emma aussteigen und krabbelte nach hinten, aber jetzt ließ sich auch die Kofferraumtür nicht mehr öffnen, unser Auto hatte uns als Geiseln genommen. Sie verlor endgültig die Fassung, wie eine Furie begann Emma, mit ihren Fäusten gegen die Scheiben zu schlagen.

„Das ist alles voll peinlich. Papa, weg hier. Dieses Scheißauto macht mich wahnsinnig!"

„Warum denn? Wir können doch hupen, vielleicht hilft uns jemand."

„Papa, ich will nicht, dass Hendrike uns so sieht!"

Emmas Ton wurde schrill, dem elektronischen Piepton in einem modernen Auto nicht unähnlich, es blieb mir nichts anderes übrig, als wieder nach Hause zu fahren, wo Greta, technisch versiert wie immer, uns sofort befreite.

„Wenn du beim nächsten Mal nicht aussteigen kannst, einfach die Sicherung der Zentralverriegelung herausnehmen, Papa", erklärte sie gönnerhaft, „dann geht alles wie von selbst."

Emma schwang sich trotz des inzwischen strömenden Regens grußlos auf ihr Rad.

„Wir sollten wirklich über einen neuen Wagen nachdenken", meinte Elsa, als sie von unserer kurzfristigen Gefangenschaft erfuhr. Ich schlug jedoch vor, noch einen letzten Reparaturversuch zu wagen.

„Wenn du dich unbedingt zum Gespött machen willst, meinetwegen", sagte meine Frau, „aber das ist das letzte Mal, danach investieren wir keinen Cent mehr."

„Wir werden sehen", dachte ich und nickte ergeben. Leicht angespannt fuhr ich zur Werkstatt, denn zum einen fürchtete ich, dort erneut Gefangener meines Wagens zu sein, zum anderen musste ich genügend Selbstsicherheit aufbringen, um dem Werkstattmeister meine Reklamation überzeugend vorzutragen. Das war zunächst aber gar nicht nötig, denn als ich an der Werkstatt aussteigen wollte, ließen sich die Türen tatsächlich wieder nicht öffnen. Weil ich überhaupt keine Idee hatte, was Greta mit der Sicherung der Zentralverriegelung gemeint hatte, wartete ich darauf, mich jemandem bemerkbar machen zu können. Zu hupen erschien mir unangemessen, denn ich wollte den Meister nicht sofort unnötig gegen mich aufbringen. Als zufällig einer der Mitarbeiter eine Zigarettenpause einlegte, gelang es mir, ihn durch Klopfen gegen die Windschutzscheibe auf mich aufmerksam zu machen.

„Ach, Sie sind es, Herr Hagemann, habe Sie gar nicht erkannt."

„Können Sie mich bitte aus dem Auto befreien? Die Türen klemmen schon wieder."

„Klar, kein Problem, bin gleich zurück", grinste er und verschwand.

„Er holt sicher einen Spezialschlüssel oder so was", dachte ich hoffnungsfroh. Entweder besaß man in dieser Werkstatt keinen oder alle Spezialschlüssel waren gerade im Gebrauch, jedenfalls ließ er sich vorerst nicht mehr blicken. Nach einer gefühlten Ewigkeit kehrte er endlich in Begleitung von Herrn Müller, dem kleinen, dickbäuchigen Werkstattmeister, zurück. Die Hände in seine blaubekittelten Hüften gestemmt, baute Herr Müller sich vor meinem Auto auf und schüttelte tadelnd den Kopf.

„Ich will hier raus!", rief ich.

„Nehmen Sie doch einfach die Sicherung der Zentralverriegelung heraus", antwortete er unbeeindruckt.

„Wo ist die denn? Verdammt noch mal!" Ich war mit meiner Geduld am Ende.

„Unten links ist der Sicherungskasten, die Dritte von rechts ist die Sicherung für die Zentralverriegelung."

Verzweifelt fingerte ich nach diesem Kasten, aber es gelang mir nicht, den Deckel abzuziehen.

„Den Deckel abziehen, Mann, oder glauben Sie, ich habe ewig Zeit!", brüllte er plötzlich. Je mehr er brüllte, desto hilfloser fingerte ich daran herum. „Nimm den Schraubenzieher!", hörte ich Herrn Müller schließlich mit leicht resigniertem Unterton sagen, Sekunden später hatte sein Mitarbeiter die Tür aufgebrochen. Sie besaßen also keinen Spezialschlüssel.

„Hätte es denn keine andere Möglichkeit gegeben?", fragte ich vorwurfsvoll. „Schauen Sie sich mal die Kratzer an der Tür an."

„Stimmt", nickte er, „das wird teuer."

„Was heißt hier teuer? *Sie* haben doch die Tür aufgebrochen. Ihre Reparatur der Schließanlage hat überhaupt nichts gebracht."

Herr Müller zuckte mit den Schultern. „Tja, man steckt nicht drin. Lassen Sie die Karre doch einfach offen, die klaut sowieso keiner."

„Das ist ja nicht zu fassen!", tobte ich. „Erst reparieren sie nicht anständig und jetzt raten sie mir, alles beim Alten zu lassen?"

„Genau", antwortete er lakonisch, offenbar überhaupt nicht aus der Ruhe zu bringen. „Sie brauchen eine neue Schließanlage, die Tür muss ausgetauscht werden, mit Arbeitslohn kommt das gut und gerne auf tausend Euro."

„Ich glaube es nicht!", seufzte ich fassungslos.

Er schlug mir auf die Schulter. „Für die Rettungsaktion brauchen Sie übrigens nichts bezahlen, ist Service."

Ich stieg wortlos in mein Auto und brauste mit quietschenden Reifen davon.

Ein halbes Jahr später bestand Dorle ihre Führerscheinprüfung. Wir fuhren immer noch unseren alten Ford, Herr Müller hatte recht, kein Dieb hatte sich je für unser Auto interessiert und an die verkratzte Tür hatte ich mich längst gewöhnt.

„Vielleicht ist es besser, dass wir den Ford noch haben", meinte meine kluge Frau, „in den kann Dorle ruhig eine Beule hineinfahren, das ist nicht weiter schlimm."

Schlimm war jedoch, dass ich als ihr erwachsener Fahrbegleiter fungieren musste, Elsa hatte dazu kaum Zeit, und ich fürchtete um meine Unversehrtheit.

„Wann kann ich jetzt endlich mal ans Steuer?", wollte sie schon einen Tag nach ihrer Prüfung wissen. Ich hatte eigentlich auf eine längere Karenzzeit gehofft und mir vorgenommen, diesem Ansinnen so lange wie möglich aus dem Wege zu gehen.

„Willst du nicht lieber noch warten?", fragte ich deshalb abwehrend.

„Was? Wilfried hat uns geraten, so viel wie möglich zu fahren, ich brauche Praxis."

Wilfried war ihr neuer Gott, was er sagte, galt immer und überall und war unumstößlich. Offenbar besaß er nicht nur Kompetenz im Straßenverkehr, sondern war im Zweitberuf Lebensberater für junge Heranwachsende. Seit Dorle mit ihm Auto fuhr, begann fast jeder dritte Satz mit „Wilfried hat gesagt …“ oder „Wilfried sieht das aber ganz anders …“

Im Laufe ihres halben Jahres in der Fahrschule wurde mir Wilfried immer unsympathischer, und ich war sicher, dass er sonnenbankgebräunt, muskulös und Autofetischist sein musste, mit anderen Worten: Ich unterstellte ihm zum tiefergelegten BMW auch ein tiefergelegtes Oberstübchen.

Als mir Dorle Wochen später bei einem gemeinsamen Einkauf im Supermarkt einen sehr honorigen, etwa fünfzig Jahre alten Vollbartträger mit den Worten „Das ist Wilfried Küpper, mein ehemaliger Fahrlehrer“ vorstellte, war ich unangenehm berührt und sah ein, dass ich mal wieder ein lieb gewordenes Vorurteil gepflegt hatte. Ich weiß, Vorurteile sollte man nicht haben, aber sie erleichtern nun mal ungemein das Leben.

Dennoch war ich bis zu dieser zufälligen Begegnung mit Wilfried Küpper durch die Hölle gegangen, oder sagen wir besser *gefahren*. Schon die erste gemeinsame Tour mit Dorle ließ meinen Blutdruck steigen wie einen Geysir auf Island. Meine große Tochter neigte nämlich nicht dazu, ihr Licht unter den Scheffel zu stellen, eine Eigenschaft, die mir eigentlich gefiel, aber die sich in diesem Fall als problematisch erwies. So lehnte sie zum Beispiel meinen Vorschlag, zunächst mich das Auto aus der Garage fahren zu lassen, empört ab.

„So ein Quatsch“, rief sie aus, „ rückwärtsfahren ist für mich kein Problem. Wilfried hat gesagt, ich kann voll gut einparken.“ Dann legte sie krachend den Gang ein und raste unsere Einfahrt hinab.

„Du musst die Kupplung langsam kommen lassen“, sagte ich vorsichtig, als wir geradeaus in Richtung Hauptstraße losfahren wollten.

„Ja! Meinst du, das weiß ich nicht?“ Schon hatte sie den Motor abgewürgt. „Scheiß Karre“, fluchte sie und startete erneut, allerdings ohne den Fuß auf die Kupplung zu setzen. Wir machten einen kräftigen Sprung, die Kängurumethode, ich erinnerte mich und spürte eine gewisse Anspannung, die sich in einem herausgepressten „Vorsicht!“ entlud. Allerdings brachte ich meine wohlgemeinte Warnung erst heraus, als wir schon längst wieder standen.

„Stell dich doch nicht so an! Wilfried hatte nicht so eine alte Karre, ich muss mich eben noch umstellen.“

„Gut, aber jetzt mit mehr Konzentration und bitte langsam.“

Sie startete wieder und wir näherten uns der Hauptstraße. Es herrschte so viel Verkehr, dass ich den Eindruck gewann, Wilfried, der klügste Fahrlehrer der Welt, habe alle Autobesitzer aufgefordert sich auf die Straßen der Stadt zu begeben, um mich in den Wahnsinn zu treiben. Würde ich diese erste gemeinsame Tour mit Dorle lebend überstehen? Wenn ja, würde ich sofort eine Spende an den ADFC überweisen. Mir schien, wir standen bereits eine kleine Ewigkeit an der Einmündung, denn inzwischen warteten hinter uns zwei weitere Fahrzeuge darauf, sich in den Hauptstraßenverkehr einzufädeln. Ich sah mich genötigt einzugreifen. „Jetzt gib Gas, du musst die Lücken nutzen", forderte ich, während ich mich immer wieder nach hinten umblickte.

Dorle sah mich grimmig an und trat so kräftig aufs Gaspedal, dass wir mit quietschenden Reifen nach vorne schossen. Sie brachte den Wagen aber wieder unter Kontrolle. Nach und nach beruhigte ich mich. Während wir die Stadt zweimal umrundeten, hatte ich sogar Zeit, mich um die anderen Verkehrsteilnehmer zu kümmern, deutete hier einen Scheibenwischer an, zeigte dort einen Vogel und schimpfte wie ein Rohrspatz.

„Papa, kannst du mal den Mund halten? Du verhältst dich voll peinlich."

„Alles Erziehung, Verkehrserziehung gewissermaßen", stellte ich klar. Näherten wir uns einer Ampel, unterbrach ich den Erziehungsprozess der anderen Verkehrsteilnehmer und widmete mich meiner Tochter. Ich wies sie darauf hin, dass nach gelb grün komme, wann sie in den dritten Gang zu schalten, dreißig zu fahren habe oder das Licht einzuschalten sei. Sachkundige und hilfreiche Anmerkungen, wie ich fand, aber Dorle reagierte zunehmend ungehalten.

„Das weiß ich!" oder „Ist ja gut, Papa!" Es war kurz vor dem Ende der zweiten Stadtumrundung, als sie plötzlich auf einen Seitenstreifen fuhr und den Wagen stoppte.

„Was ist los, warum hältst du an?", fragte ich verwundert.

„Du steigst jetzt sofort hinten ein", antwortete sie, mit herrischer Geste auf den Rücksitz weisend.

„Das geht nicht, da wird mir schlecht, außerdem muss ich als erwachsener Beifahrer vorne sitzen."

„Dann fahr du weiter oder sei *endlich* ruhig!", forderte sie. Fortan schwieg ich.

„Wie war's?", fragte Elsa erwartungsvoll, als wir wieder zu Hause waren.

„Frag Papa", brummte Dorle und verschwand auf ihrem Zimmer.

„Doch", nickte ich, „doch, fürs erste Mal …"

Von meinem ungebührlichen Verhalten erzählte ich nichts. Inzwischen hat Dorle mich schon zwei Mal zu einer Lesung chauffiert, mein Blutdruck blieb normal, dem ADFC überwies ich eine ordentliche Spende und meine Tochter und ich verstanden uns während der Autofahrten prächtig. Vielleicht hatte mein Vater recht, als er seine achthundert Euro als Beitrag zur allgemeinen Verkehrssicherheit bezeichnete.

Wie feiert man seinen 17. Geburtstag?

Seit Tagen sprachen wir über Gretas Party. Sie wollte ihren siebzehnten Geburtstag groß feiern und hatte bereits dreißig Freunde eingeladen. Elsa und ich hatten es erlaubt, uns aber eindeutig gegen harte Getränke ausgesprochen.

„Dann brauch ich erst gar keine Party zu machen", stellte Greta kategorisch fest. Unsere erste Verteidigungslinie bestand darin, nur begrenzte Mengen Alkohol zuzulassen.

„Nur zwei Flaschen Roten und zwei Flaschen Grünen", schlug ich kompromissbereit vor, „keinen Wodka."

„Die meisten trinken aber Cola mit Wodka", insistierte Greta.

„Dann hast du nicht die richtigen Freunde", meinte Elsa.

„Ach ja? Und was ist mit eurem Freund Jo? Der ist doch auf jeder Party besoffen."

Damit hatte sie unsere erste Verteidigungslinie pulverisiert, es galt, eine zweite aufzubauen. „Also gut", gestand ich zu, „meinetwegen eine Flasche Wodka, dann aber nur zwei Kisten Bier und dafür mehr Cola und Wasser."

Am Ende kauften wir so viel Alkohol, dass man damit eine ganze Kompanie hätte abfüllen können.

„Hast du eigentlich Einladungen verteilt?", wollte ich wissen.

Greta sah mich mitleidig an. „Quatsch, ich mach doch keine Kinderparty, läuft alles über Facebook. Kann natürlich sein, dass vielleicht ein paar mehr kommen als geplant."

Ich stutzte, ein leichtes Gefühl von Unruhe kam in mir auf. „Was machen wir, wenn viel mehr als dreißig kommen?", fragte ich Elsa besorgt. Sie zuckte mit den Schultern.

„Wird schon nicht so wild werden."

Und so schlidderten wir ahnungslos in unser Unglück. Schon die Vorbereitungen verliefen nicht optimal, denn Greta wollte zwar ihren Gästen etwas zu essen anbieten, zeigte jedoch wenig Bereitschaft, sich dafür zu engagieren. Während Elsa und ich im Schweiße unseres Angesichts Brote belegten und Dips anrührten, ließ Greta uns ungerührt wissen, zu helfen habe sie keine Zeit, denn sie müsse sich in der Stadt noch klamottentechnisch vorbereiten. Ich holte Luft.

„Lass sie gehen", beruhigte mich Elsa, „schlechte Stimmung an ihrem Geburtstag hilft keinem, sie ist überfordert und aufgeregt."

Also schwieg ich und rührte. Nachdem wir unser Wohnzimmer weitgehend leergeräumt, die Schränke abgeschlossen und das Essen in der Küche zu einem kleinen Büffet aufgebaut hatten, erwies uns unsere Tochter wieder die Ehre und führte stolz ihre neue Hose und das dazu passende Top vor. Meine Begeisterung hielt sich in überschaubaren Grenzen, meine Unzufriedenheit über ihre mangelnde Beteiligung an der Partyvorbereitung hingegen nicht.

Ihre Reaktion: Augenverdrehen.

Meine: „Schön, dass du wenigstens vor deinen Gästen wieder da bist."

Mehr sagte ich nicht, denn ich durfte ja die Stimmung nicht verderben.

„Ich geh mich dann mal fertig machen", meinte Greta und entschwand ins Badezimmer.

Trotz meines Ärgers musste ich über diese merkwürdige und doch so vertraute Formulierung schmunzeln. Nicht nur Greta benutzte sie, um verklausuliert mitzuteilen, dass das Badezimmer in den nächsten Stunden belegt sein würde. Ich stellte mir vor, wie sie vor dem Spiegel stand und sich beschimpfte: „Du alte Ziege, du Miststück, hast deinen Eltern nicht geholfen ...", oder sich gar ins Gesicht schlug. Ganz abwegig schien mir selbst dieser Gedanke nicht, denn ihre autokosmetischen Bemühungen zur Pickelbeseitigung hinterließen nicht selten blutige Spuren.

Kurz vor Beginn der Party schwebte sie jedoch strahlend schön und bestens gelaunt die Treppe hinunter.

„Papa, was macht ihr eigentlich heute Abend?", wollte sie wissen.

„Mama bedient in der Küche und ich erzähle deinen Gästen Witze."

„Nicht wirklich, oder?"

„Nein, Mama und Emma gehen zu Oma, nehmen Tilla mit, und ich wahrscheinlich ins Schubidu. Gegen zehn bin ich zurück"

„Hm."

„Was ist los? Stimmt was nicht?“

„Eigentlich wollte ich fragen, ob du hierbleiben kannst, ich brauche einen Türsteher.“

„Du brauchst was?“

„Einen Türsteher. Ich schätze, da kommen viel mehr, als ich eingeladen habe.“

Eine faszinierende Vorstellung, ein Job, mit dem ich bislang noch keine Bekanntschaft gemacht hatte. Natürlich aus gutem Grund, denn meine körperliche Konstitution erfüllte in keiner Weise die notwendigen Anforderungen, um es klar zu sagen, ich habe trotz meines Trainings noch immer eine Minusmuskulatur.

„Bitte Papa, ich sag dir auch, wen du reinlassen kannst und wen nicht.“

Ich willigte ein, nahm kurz vor Partybeginn im Flur Platz und harrte der jungen Menschen, die da kommen würden, Elsa und Emma waren inzwischen schon längst weg und Dorle hatte sich zu ihrem Freund abgesetzt. Lange musste ich nicht auf die Gäste warten, sie kamen plötzlich und in großen Horden, innerhalb kurzer Zeit war unsere Einfahrt mit Fahrrädern zugeparkt.

Ich öffnete die Tür, aber noch bevor ich etwas sagen konnte, waren die meisten bereits an mir vorbeigestürmt, für sie war ich wie der Teppich auf dem Boden oder die Grünpflanze neben dem Spiegel, Gegenstände, die man nicht weiter beachtete, die gab es nun mal in jedem Haushalt. Nur ein weiß gekleideter junger Mann, mit einer Hose, deren Schritt ihm fast in den Kniekehlen hing, schien ein wenig Interesse an mir zu haben.

„Wer ist denn der Alte da?“, grölte er und tippte an seine große Baseballkappe. Mir schien, er war schon jetzt nicht mehr ganz nüchtern.

„Das ist mein Vater“, antwortete Greta wie selbstverständlich. Ich wunderte mich, denn es schien ihr in keiner Weise peinlich zu sein.

„Eh, cool, dein Alter ist Türsteher?“ Sie nickte. Ich kann es zwar nicht haben, wenn man in meiner Gegenwart in der dritten Person über mich redet, aber in diesem Fall blieb ich diplomatisch zurückhaltend.

„Junger Mann, wenn Sie sich mit mir unterhalten wollen, sollten Sie mich direkt ansprechen.“

„Geile Sprache, Alter, kickt voll rein.“

„Papa", flüsterte mir Greta ins Ohr, „hör auf die Leute zu siezen! Und red nicht so komisch."

„Ich rede nicht komisch, dein Freund redet komisch. Wie heißt er überhaupt?"

„Pete."

Pete grinste mich in seiner viel zu großen Anstreicherkluft an und gab mir lässig die Hand. „Sorry, Mann, war nicht so gemeint, aber ich lass mich nicht so gerne zutexten, oder bist du Lehrer?"

Noch bevor ich antworten konnte, verschwand er in unserem Wohnzimmer, das noch nie so viele junge Menschen auf einmal gesehen hatte. Als Türsteher war ich übrigens ein kompletter Versager, denn in den folgenden Stunden ergoss sich ein unendlicher Strom von Jungen und Mädchen in unser Haus, ohne dass ich es auch nur im Ansatz hätte verhindern können. Die Musik oder das, was die jungen Menschen dafür hielten, wurde lauter und lauter, Gläser klirrten, Knabenstimmen grölten, Mädchen kreischten, die Masse in unserem Wohnzimmer taumelte zum wummernden Rhythmus der Bässe hin und her. Angstvoll erwartete ich den Moment, da die ersten versuchen würden, aus dem Wohnzimmer zu fliehen, um die oberen Etagen unseres Hauses in Besitz zu nehmen. Zunächst war es Greta, die sich bei mir im Flur sehen ließ, und sie war nicht sehr glücklich.

„Papa, Papa, du musst was tun, hier sind so viele, die ich gar nicht kenne, bitte schmeiß sie raus!"

„Wie denn? Die beachten mich doch gar nicht."

„Ich weiß auch nicht, aber wenn du nichts tust, hauen die alles kurz und klein!" Greta war wirklich verzweifelt, sie begann zu weinen.

Ich seufzte, verfluchte Facebook und schritt langsam auf die Wohnzimmertür zu, hinter der der Mob tobte. Was um Himmels willen sollte ich tun? Ich kam nicht dazu, mir diese Frage zufriedenstellend zu beantworten, denn plötzlich wurde von der anderen Seite die Tür aufgerissen, enthemmte junge Herren taumelten mir entgegen, in jeder Hand eine Flasche, und begannen, die ersten Treppenstufen zu erklimmen, in ihrem Zustand eine passable motorische Leistung, auch wenn sie dafür die ganze Stufenbreite benötigten. Um autoritärer zu klingen, holte ich Luft und sprach sie mit tiefer Bruststimme an.

„Stopp, meine Herren, der Weg nach oben ist verboten!"

„Was los Alter? Bis du gaga, oder was is, eh?"

Einer schwankte wieder zu mir hinunter und wollte mir an den Kragen. Ich vollzog einen eleganten Sidestep und ließ ihn ins Leere greifen, zu seiner und meiner Überraschung lag er plötzlich bäuchlings in unserem Flur, der Inhalt der Fuselflasche, die er noch immer fest umfasst hielt, ergoss sich über die Wände und hinterließ an der Tapete und auf dem Teppich widerliche, grüne Flecken, farblich und olfaktorisch wenig ansprechend.

„Mann, Alter, was soll en dat?", lallte er.

„Sie glauben nicht, wie wenig ich willens bin, Ihnen diese Frage zu beantworten", sagte ich hart und nicht ohne Stolz ob meiner eleganten Finte. Die Horizontale schien ihm zu gefallen, denn statt sich weiter mit mir zu unterhalten, ließ er plötzlich und ohne Vorwarnung ein hemmungsloses Schnarchen hören. Die anderen hatte ich für einen Moment ausgeblendet, allerdings brachten sie sich mir nachhaltig in Erinnerung.

„Bis du schizo, du Grufti?", schnauzte mich einer an und torkelte mit seinen Kollegen wieder nach unten, wo sie sich vor mir zu einer Wand aufbauten, die sich hin und her bewegte wie bei einem Acht-Komma-Null-Erdbeben auf der nach oben offenen Richterskala. Dazu grinsten sie debil und entleerten den Inhalt ihrer Flaschen auf den Boden. „Da staunste, wa? Haste nich mit gerechnet, du Schnürschinken."

Schnürschinken? Was wollten sie mir damit sagen? Zugegeben, meine Hose und auch mein T-Shirt saßen ein wenig stramm, aber Schnürschinken? Noch bevor ich reagieren konnte, schaltete sich Greta ein.

„Ihr besoffenen Schweine, haut endlich ab, ich hab euch gar nicht eingeladen!", brüllte sie, überhaupt nicht mehr weinerlich.

„Ich muss meiner Tochter beipflichten, aber bevor Sie sich auf den Weg machen, bitte ich um Aufklärung. Was genau meinen Sie mit Schnürschinken, meine Herren?"

Sie schienen mich nicht wirklich aufzuklären zu wollen, vielmehr deutete sich eine herbe Konfrontation an, ihr Grinsen verwandelte sich nämlich in hysterisches Gelächter, eine Lautäußerung, die wohl nur betrunkenen Menschen eigen ist. „Er weiß nicht, was ein Schnürschinken ist, das ist geil!" Wieder grölten sie los, bis ihre Mienen sich plötzlich bedrohlich veränderten. „Jetzt halt die Fresse, Alter, oder soll ich dich frottieren?"

Der Größte der drei stieß mir mit nikotingefärbten Fingern gegen die Brust, sodass ich über den noch immer orientierungslos auf dem Boden liegenden Saufkumpanen stolperte und ihn aufweckte. Er versuchte aufzustehen.

„Mann, bin ich zugeklingt", stöhnte er, „ich mach jetzt lieber die Biege. Kommt, Jungs, wir gehen zur Tanke, weiterpumpen, da gibt's wenigstens Hülsenfrüchte."

„Gute Idee", bestätigte Greta, „wird echt Zeit, dass ihr abhaut, wir trinken nämlich Bier aus Flaschen."

„Faszinierend", dachte ich, „sie sprechen deutsch, aber es klingt wie eine Fremdsprache, für einen Ethnologen ein weites Forschungsfeld.

„Na gut, Schnürschinken, wir verpissen uns, ist ja doch nur Embryoschubsen bei euch, voll die Langweilerparty. Außerdem muss ich kotzen, dafür ist dir deine Hütte bestimmt zu schade, oder?"

Ich nickte, gerührt wegen so viel freundlicher Rücksichtnahme, dann taumelte er, gefolgt von den anderen Trunkenbolden, hinaus und ließ im Vorgarten seiner Ankündigung Taten folgen. Greta war erleichtert und ließ sich zu einer kurzen Umarmung hinreißen, ein Gefühlsausbruch, den sie sich mir gegenüber schon lange nicht mehr erlaubt hatte.

„Sieht echt scheiße aus, da muss Opa wohl wieder ran und streichen", meinte sie und zeigte auf die grünen Flecken.

„Auf keinen Fall, dann ist unser Haus völlig ruiniert", wehrte ich ab.

Die Party dauerte noch, erst gegen zwei Uhr morgens gefiel es den jungen Menschen, sich nach und nach zu verabschieden. Unser Wohnzimmer sah aus wie nach einem Bombenangriff, aber Greta war nach Überwindung der Anfangsschwierigkeiten mit dem weiteren Verlauf der Party zufrieden. Dass sich danach eine ganze Handwerkerbrigade zwei Wochen mit der Renovierung beschäftigen musste, sei nur nebenbei erwähnt. Immerhin konnte ich meinen Vater davon abhalten, die Bauleitung zu übernehmen.

Die Liebe zum Unglücklichsein

Mein Psychologenfreund, mit dem ich mich über den bevorstehenden Auszug unserer Ältesten unterhielt, empfahl mir, nicht dauernd die Vergangenheit zu verherrlichen, sondern mich endlich der Gegenwart zu stellen.

„Was willst du mir damit sagen?“, fragte ich.

„Ich will damit sagen, du sollst deine Zeit mit Dorle nicht als beendet ansehen, nur um schon jetzt umso intensiver trauern zu können.“

„Unsinn!“, fauchte ich und fühlte mich ertappt. „Ich frage mich nur, ob sie es in der Fremde allein schaffen wird. Schließlich ist ihr Studienort fast fünfhundert Kilometer weit weg. Als Vater werde ich mir ja wohl noch Sorgen machen dürfen.“

„Natürlich, ich bin mir nur nicht sicher, ob du dir mehr Sorgen um Dorle oder um dich selbst machst. Übrigens hast du vor Kurzem ihren Auszug wegen eurer hohen Wasserrechnung noch herbeigesehnt.“

„Ist ja gut.“

Seine Spitze gegen mich überhörte ich, aber die Bemerkung über die Wasserrechnung stimmte. Dorle duschte vor allem morgens so ausdauernd, dass ich nicht selten in Versuchung geriet, den Gasbrenner abzuschalten, aus Notwehr gewissermaßen.

Elsa hielt mich davon ab, weil sie ihr Menschenrecht auf ein friedliches Frühstück gefährdet sah und die Rache unserer Tochter fürchtete.

„Abgesehen vom Wasserverbrauch bist du ein Meister der Vergangenheitsverherrlichung, mein Lieber.“

Ich seufzte. „Ich bin fast jeden Tag mit Dorle in den Wald gegangen, zum Verstecken spielen, Vater sein ist etwas so Wunderbares!“

„Hagen, das ist vierzehn Jahre her. Du bist und bleibst Vater, auch wenn deine älteste Tochter auszieht. Außerdem hast du noch zwei Kinder, und die sind vorerst noch zu Hause. Von deiner Frau ganz zu schweigen.“

Psychologen sind elende Besserwisser. Ich gebe zu, meine melancholischen Stimmungen häuften sich, inzwischen kann ich bei Filmen weinen, bei denen sich mir früher die Nackenhaare hochgestellt hätten. Vor allem, wenn es um Vater-Tochter-Beziehungen geht, verbrauche ich beinahe ein Päckchen Papiertaschentücher und mit einer Jacques-Brel-CD kann ich eine halbe Nacht heulend unter dem Kopfhörer verbringen.

Aber ich konnte mich durchaus zusammenreißen, wenn es darauf ankam. Und es kam darauf an, denn es galt einiges zu organisieren, wir wollten Dorle beim Auszug helfen und mit ihr nach Heidelberg fahren. Das bedeutete zunächst, dem größten Möbelhaus der Welt einen Besuch abzustatten. Die Ersteinrichtung junger Studenten von heute kommt offenbar ohne Billy, das Bücherregal fürs Zweitbuch, Sven, Göran oder Björn, Kieferbetten, denen man schon im Katalog ansieht, dass sie nur mit viel Glück das erste Semester überstehen werden oder Sofas wie Kramfors, Beddinge oder Karlstad nicht mehr aus. Wer um Himmels willen denkt sich diese Namen aus?

Da mein Appell zur Bescheidenheit bei der Einrichtung studentischer Erstwohnungen und die Lobpreisung praktischer und ökonomischer Vorzüge von Apfelsinenkisten weder bei Dorle noch Elsa Gehör fanden, erklärte ich mich bereit, sie zu Ikea zu begleiten, um Schlimmeres zu verhüten. Allerdings musste ich versprechen, mich mit Kommentaren, wie „das brauchen wir doch gar nicht" oder „zu teuer" zurückzuhalten und vor allen Dingen, mich in Geduld zu üben. Der Besuch bei Ikea könne und müsse angesichts der besonderen Umstände eben länger dauern als sonst.

Ich hatte mir aufgrund des Gesprächs mit meinem Freund zwar fest vorgenommen, mich konstruktiv an der Auswahl von Möbeln und Einrichtungsaccessoires zu beteiligen oder zumindest still den Einkaufswagen zu schieben, aber schon die Warteschlange vor dem Eingang verursachte mir Herzrasen. Es schien, als seien alle Elternpaare Deutschlands ausgerechnet heute mit ihren Söhnen und Töchtern unterwegs, um ihnen die Ersteinrichtung für die Studentenbude zusammenzukaufen.

Als wir endlich den Eingang passiert hatten, atmete ich tief durch und stürzte mich ins Gewühl. Leider verlor ich immer wieder den Kontakt zu Frau und Tochter, denn sie verstanden unter Bummeln eine Tätigkeit, die offenbar verlangte, vor jeder Sven-, Göran- oder

Björn-Bettstatt zu Salzsäulen zu erstarren, um ausgiebig deren ästhetische Vor- und Nachteile zu reflektieren, während sie mich einfach weitergehen ließen. Bemerkte ich es, kehrte ich um, bis ich sie schließlich, wie bereits beschrieben, vor einem Möbelstück diskutierend, wiederfand. Dennoch erreichten wir irgendwann die Sofaabteilung, gemeinsam mit den vielen anderen Menschen, die sich einer Prozession gleich durch die Möbelkathedrale schoben, und standen nun vor Kramfor, Beddinge und Karlstad in Echtgröße, die allerdings nicht wie Sitzgelegenheiten für Menschen, sondern eher wie Puppenmöbel aussahen.

Ich fragte mich, warum sie ein Sofa nach Liesl Karlstadt benannten und suchte spontan nach einem Wohnzimmermöbel namens Valentin, aber wahrscheinlich kannten sich die Schweden mit bayerischen Komikern nicht so aus. Diese Überlegungen hatten mich für einen Moment abgelenkt, sodass meinem Mund trotz guter Vorsätze schließlich doch ein falsches Wort, mehr noch, ein falscher Satz entfleuchte. „Viel zu teuer. Als ich anfing zu studieren, habe ich mir alte Matratzen ins Zimmer gelegt“, murmelte ich und schwor, nur zu mir selbst gesprochen zu haben. Aber weder Dorle noch Elsa hatten Erbarmen.

„Hagen!“

„Papa!“

Beide: „Es reicht!“

Elsa: „Du hattest etwas versprochen. Ich schlage vor, du gehst ins Restaurant und isst eine Portion Kötbullar. Das beruhigt.“

Ich: „Ich bin doch ruhig.“

Dorle: „Und warum fängst du dann wieder von deiner Studentenzeit an?“

Ich: „Man wird doch wohl noch einen Vorschlag machen dürfen.“

Elsa: „Natürlich, Schatz, jetzt geh essen und halt uns einen Platz frei, wir kommen nach.“

Dorle: Verdreht die Augen.

Ich: „Mahlzeit.“

Ich überließ den beiden den Einkaufswagen und machte es mir im Restaurant bequem, soweit man das in einem Ikearestaurant überhaupt sagen kann. Aber die schwedischen Frikadellen schmeckten einwandfrei, ich gönnte mir zusätzlich noch eine große Portion Pommes und wartete, wartete, wartete ...

„Na, bist du satt geworden?“, strahlte Elsa, als sie sich kurz vor Geschäftsschluss mit einer sichtlich schlecht gelaunten Dorle zu mir an den Tisch setzte.

„Ja, nur bin ich inzwischen schon wieder hungrig", knurrte ich, „habt ihr alles?"

Eine überflüssige Frage angesichts der Stimmung meiner Ältesten.

„Mit dem Sofa hat's nicht geklappt, aber das hätten wir sowieso nicht ins Auto bekommen", antwortete Dorle finster.

Ich zuckte zusammen, natürlich, das stand mir ja auch noch bevor, die Sachen verstauen. Die Frikadellen hatten mir geholfen, diese Prüfung zu verdrängen. „Na dann los", sagte ich, um es schnell hinter mich zu bringen, nur raus aus der schwedischen Möbelhölle, … - halle. Aber man kann nicht einfach mit seinem Einkaufswagen zur Kasse fahren und bezahlen, zuvor galt es noch, ein gefährliches Terrain zu durchqueren: die sogenannte Schnäppchenzone. Hier verringerten Dorle und Elsa ihre Schrittgeschwindigkeit erheblich, nachdem sie zunächst mein Tempo mitgegangen waren, und verschwanden mit dem freundlichen Rat, ich solle mich zum Bezahlen schon mal anstellen, zwischen den prall gefüllten Regalen. Elsa übrigens mit dem Geld, denn ich hatte mein Portemonnaie zu Hause gelassen.

Während ich mich in der Warteschlange langsam der Kasse näherte, tauchten sie gelegentlich wieder auf und packten „niedliche Kleinigkeiten" in den Einkaufswagen. Offenbar Dinge, die Ikea nicht mehr gebrauchen konnte und den Kundinnen andrehte, um selbst Entsorgungskosten zu sparen. Meiner Ansicht nach waren all diese „niedlichen Kleinigkeiten" völlig überflüssig. Insbesondere die Duftkerzen, denn sie reizten meinen Geruchssinn beinahe bis zum Anschlag. Ich wunderte mich, dass man als spezielles Angebot für Männer nicht auch Atemmasken verkaufte.

Beim Beladen unseres Autos erwischte es mich dann, ich bückte mich gerade nach dem Lattenrost Hägar, als mir die Hexe ins Kreuz schoss. Wie ein alter Bekannter bemächtigte sich der Rückenschmerz meines Körpers und das Gehirn fokussierte sich darauf, meiner Muskulatur nur noch ein Verhaltensmuster zu gestatten, nämlich bretthart zu werden. Ich schrie auf, ließ Hägar fallen und verharrte in gebückter Stellung.

„Hagen, ich hab dir so oft gesagt, lass mich die schweren Sachen heben!", schimpfte meine Frau.

„Ich danke dir für dein Mitgefühl“, stöhnte ich, während ich mich mit einer Hand auf den Einkaufswagen stützte und mit der anderen mein Kreuz hielt. Dorle sagte nichts und belud ungerührt weiter unser Auto, sie war mit meinen Rückenattacken aufgewachsen und schenkte ihnen schon lange keine besondere Beachtung mehr. Wundersamerweise gelang es Elsa und Dorle, alle Pakete und Kleinigkeiten im Auto unterzubringen, sogar für mich blieb noch etwas Platz.

Ich weiß nicht mehr, wie lange es gedauert hat, bis ich endlich auf der Couch lag und eine Wärmflasche mir ein wenig Linderung verschaffte, aber nun konnte ich mich wenigstens ungehemmt meiner Melancholie hingeben. Rückenschmerz und Abschiedsschmerz sind eben ein ganz besonderes Zwillingspaar. Während meine Familie letzte Vorbereitungen für den Umzug traf, schloss ich die Augen und rief mir Bilder aus Dorles Kindheit in Erinnerung. Ich berauschte mich an meinem edlen Gefühl, meinem Abschiedsschmerz, den, und da war ich sicher, nur empfindsame Menschen so intensiv spüren konnten. Das Stadium profanen körperlichen Leidens hatte ich längst hinter mich gebracht.

Tilla schien das alles nicht zu interessieren, sie lagerte zwar gelegentlich träge neben mir, konnte jedoch ebenso blitzartig aufspringen und mich schwanzwedelnd und bellend zum Spielen auffordern. Diesem Hund war es nicht gegeben, sich in die Gemütsverfassung eines trauernden Mannes hineinzuversetzen. Allerdings fand ich auch bei meiner Familie wenig Beachtung, keiner wollte wissen, was ich, ein Vater, der seine Älteste ziehen lassen musste, wirklich empfand.

„Wir sind soweit, Hagen“, flüsterte mir Elsa ins Ohr, „gleich geht es los, Dorle ist schon ziemlich aufgeregt. Mach ihr den Abschied nicht so schwer, hörst du?“ Ich nickte und erhob mich stöhnend.

„Also Papa …“, sagte meine Älteste, vor mir, dem Gekrümmten, in aufrechter Haltung stehend und bereit, die Welt zu erobern. Wir umarmten uns, sagen konnte ich wenig, der Kloß im Hals ließ es nicht zu, aber ich war unendlich stolz auf sie.

„Sobald es mir wieder besser geht, besuche ich dich“, flüsterte ich und ließ mich langsam wieder auf mein Krankenlager sinken.

Zwei Tage später waren Elsa, Greta und Emma zurück, Dorle hatte sich eingerichtet in ihrer Studentenbude, sogar ein Sofa hatten sie in Heidelberg gekauft. Meine Familie kam auch ohne mich zurecht, eigentlich wusste ich es schon immer.

Der Autor

Mathias Meyer-Langenhoff wurde 1958 im westfälischen Dingden geboren. Er studierte in Bonn und Münster Diplompädagogik und war danach in verschiedenen pädagogischen Berufen tätig.

Seit 1993 arbeitet er als Lehrer für Pädagogik und Psychologie an den Berufsbildenden Schulen Gesundheit und Soziales in Nordhorn, nahe der niederländischen Grenze.

Er ist verheiratet und Vater zweier erwachsener Töchter. Seit mehreren Jahren schreibt er und hat bislang Kinderbücher, Kurzgeschichten und einen Roman für Erwachsene veröffentlicht.

Buchtipp

Mathias Meyer-Langenhoff
Wille und das Ungeheuer vom Vechtesee

ISBN: 978-3-86196-776-7
Taschenbuch, 138 Seiten

In Nordhorn geschieht etwas Unglaubliches. Frau Schmid, eine Touristin aus Bochum, behauptet, von einem Ungeheuer im Vechtesee angegriffen worden zu sein. Mit einem Schock wird sie in die Euregio-Klinik eingeliefert. Das ist ein Fall für Wille und Andy. Die beiden Freunde und Detektive besuchen die Frau, um herauszufinden, ob sie einfach nur verrückt ist oder wirklich ein Ungeheuer gesehen hat.

Schnell stellen sie fest, dass es um viel mehr geht und Frau Schmid ihre Hilfe benötigt …

Buchtipp

Mathias Meyer-Langenhoff
Gefahr für Burg Bentheim

ISBN: 978-3-940367-53-2
Taschenbuch, 164 Seiten

Erst kommt Lotte zu spät zur Schule, dann hat sie bei der Führung durch die Burg Bentheim Ärger mit ihrem Klassenlehrer und ihre beste Freundin Doro interessiert sich nur noch für Tom. Das ist eindeutig zu viel auf einmal.

Als die Klasse die Folterkammer der Burg besichtigt, versteckt sich Lotte in der Katharinenkirche. Dort hat sie eine Begegnung mit Dietlinde, einem kleinen, rothaarigen Mädchen aus dem Mittelalter. Sie bittet Lotte, mit ins Jahr 1350 zu kommen, um die Burg aus großer Gefahr zu retten. Soll Lotte sich wirklich auf eine Zeitreise einlassen?

Ein tolles Buch für Mädchen und Jungen ab 10 Jahre um eine spannende Reise in längst vergangene Zeiten, bei der es manches Abenteuer zu bestehen gilt ...

www.ingramcontent.com/pod-product-compliance
Ingram Content Group UK Ltd.
Pitfield, Milton Keynes, MK11 3LW, UK
UKHW041822200726
13854UKWH00001BA/490

9 783861 960669